光文社文庫

文庫書下ろし／長編時代小説

お蔭騒動

闇御庭番(八)

早見　俊

光　文　社

この作品は光文社文庫のために書下ろされました。

目次

公儀御庭番《こうぎおにわばん》は、八代将軍徳川吉宗《とくがわよしむね》が創設した将軍直属の情報機関。表向きは城中の清掃、警固などを役目としたが、実態は諸大名の動向や市中探索などの諜報《ちようほう》活動をおこなう。

菅沼外記《すがぬまげき》は、御庭番の中でも一切表に出ない破壊活動「忍び御用」を役目とする一人であった。

十二代将軍家慶《いえよし》は、十一代家斉《いえなり》と側室お楽の方との間に、家斉の次男として生まれた。

寺社奉行、大坂城代《じようだい》、京都所司代《しよしだい》、西ノ丸老中《にしのまるろうじゆう》を歴任して老中首座《しゆざ》に登り詰めた水野《みずの》忠邦《ただくに》（越前守《えちぜんのかみ》、浜松藩主）を中心に、家斉の死後、「天保《てんぽう》の改革」を断行する。

水野の懐刀《ふところがたな》として、改革に反する者を取り締まったのは鳥居耀蔵《とりいようぞう》（甲斐守《かいのかみ》）。儒者林述斎《はやしじゆつさい》の三男として生まれ、旗本鳥居一学《いちがく》の養子となった。目付《めつけ》をへて南町奉行に就任。厳しい取り締まりのため、「妖怪《ようかい》（耀甲斐）」と恐れられた。

北
西
東
南
鐘ヶ淵
大橋
隅田村
千住道
小塚原
日本堤
三河島
日暮里
田端
駒込
谷中
金杉上町
新吉原
鷲神社
山谷堀
今戸町
寺島村
隅田川
千駄木
白山
下谷
東叡山寛永寺
根津権現
奥山
浅草寺
聖天町
今戸橋
小梅村
浅草花川戸町
御薬園
小石川
本郷
中堂
東本願寺
幡随院
広徳寺
阿部川町
新堀川
吾妻橋
竹町ノ渡し
田原町
三間町
伝通院
不忍池
並木町
駒形堂
菊坂町
池之端仲町
下谷広小路
湯島天神
御徒町
蔵前
春日町
水戸徳川家
森田町
御米蔵
牛込
神田川
神田明神
外神田
天王町
百本杭
浅草橋
柳橋
牛込御門
小石川御門
水道橋
筋違御門
練塀小路
御竹蔵
本所
神楽坂
番町
昌平橋
多町
和泉橋
柳原土手
両国広小路
藤代町
回向院
両国橋
市谷
田安御門
俎板橋
雉子橋御門
一ツ橋御門
神田橋御門
内神田
今川橋
馬喰町
薬研堀
相生町
竪川
市谷御門
清水御門
三河町
小伝馬町
大伝馬町
日本橋
一ツ目之橋
二ツ目之橋
三ツ目之橋
本銀町
新大橋
常盤橋御門
北町奉行所
小名木川
万年橋
室町
江戸橋
霊巌寺
深川
麹町
江戸城
半蔵御門
呉服橋御門
日本橋
南茅場町
仙台堀
西之御丸
南町奉行所
鍛冶橋御門
京橋
八丁堀組屋敷
永代橋
小松町
富岡八幡宮
霊岸島
永代寺
桜田御門
永田町
赤坂御門
西本願寺
石川島
越中島調練場
山王日枝神社
数寄屋橋御門
新橋
築地
佃島
溜池
幸橋御門
汐留橋

江戸幕府と町奉行所の組織（江戸後期）

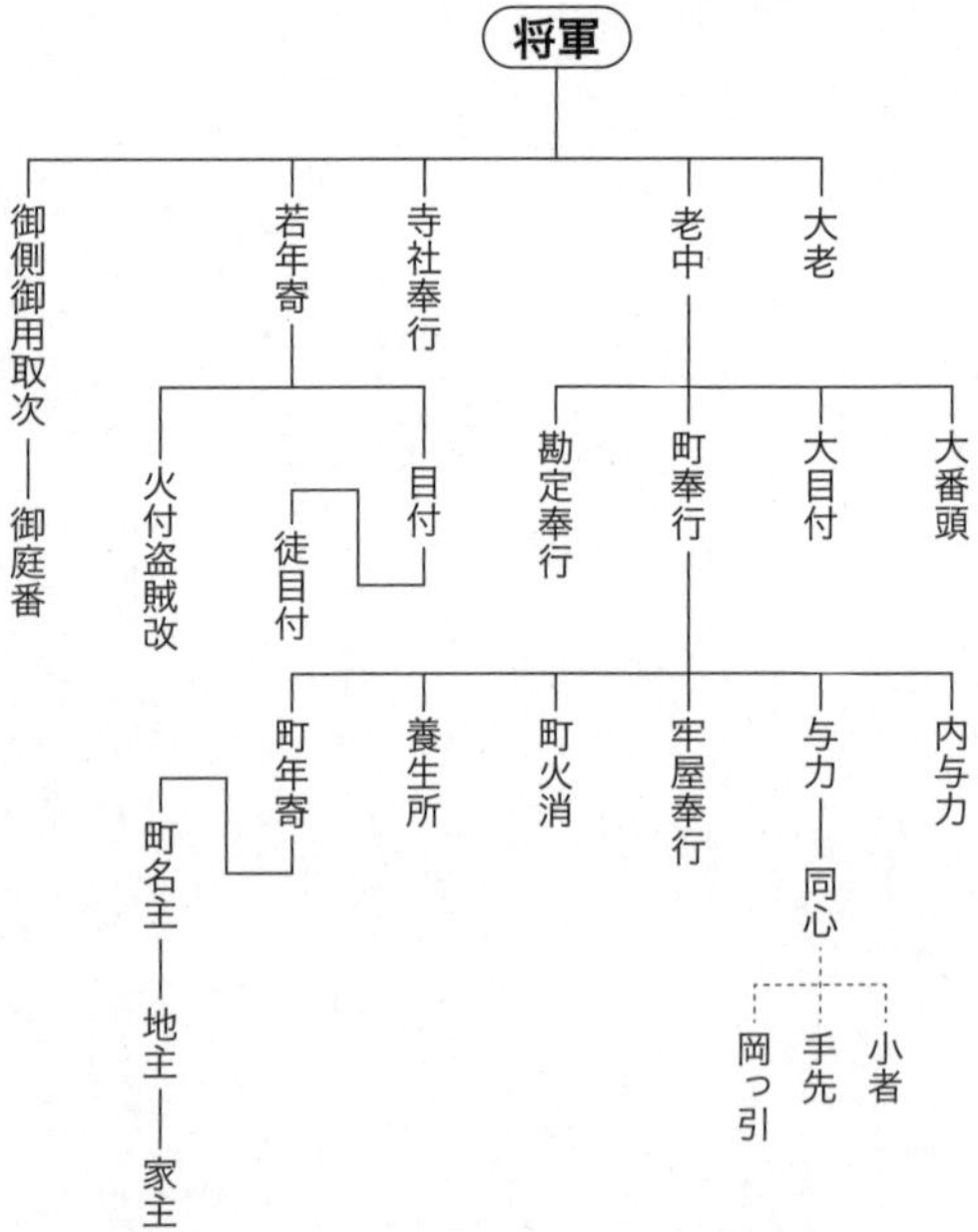

＊本図は江戸後期の幕府と町奉行所のおおまかな組織図。

＊幕府の支配体制は老中（政務担当）と若年寄（幕臣担当）の二系統からなる。最高職である老中は譜代大名三〜五名による月番制で、老中首座がこれを統括した。

＊町奉行は南北二つの奉行所による月番制で、江戸府内の武家・寺社を除く町方の行政・司法・警察をつかさどった。

＊小者、手先、岡っ引は役人には属さず、同心とは私的な従属関係にあった。

主な登場人物

菅沼外記（相州屋重吉）……十二代将軍家慶に仕える「闇御庭番」。
お勢……辰巳芸者と外記の間に生まれた娘。常磐津の師匠。
村山庵斎……俳諧師。外記配下の御庭番にして、信頼される右腕。
真中正助……相州浪人。居合師範代で、お勢の婿候補。
小峰春風……絵師。写実を得意とする。
義助……棒手振りの魚屋。錠前破りの名人。
一八……年齢不詳の幇間。

水野忠邦……老中首座。天保の改革を推進する。
鳥居耀蔵……水野忠邦の懐刀と目される南町奉行。「妖怪」とあだ名される。
村垣与三郎……公儀御庭番。
美佐江……浅草・観生寺で手習いを教える。蘭学者・山口俊洋の妻。
扇屋門左衛門……伊勢に本店を構える、芝の老舗和菓子屋の主。
飛鳥小路正智……水戸藩主・徳川斉昭が江戸に招いた公家。中納言。
藤田虎之助（東湖）……徳川斉昭の側用人。水戸家の藩校・彰考館きっての天才。

第一章　お蔭参り

一

菅沼外記《すがぬまげき》は寝間《ねま》を出ると縁側に立った。

柔《やわ》らかな春の日差しを浴び、冷気を含んだ朝風に身を委《ゆだ》ねる。

橋場《はしば》鏡ヶ池《かがみがいけ》を見下ろす小高い丘の上にある外記の住まいは、二百坪ほどの敷地に生垣《いけがき》が巡り、庭に大きな杉の木が二本植えられている。商人の寮であっただけに、藁葺《わらぶ》き屋根の百姓家のようだ。

庭では猫と見間違うほどの小さな黒犬が駆け回っている。飼い犬ばつである。

ばつは外記の姿を見ると縁側に走り寄り、きゃんと吠《ほ》えた。

「ばつ、散歩に出かけるぞ」

外記はばつを抱き上げた。

五十路《いそじ》を超えたが所作《しょさ》は迅速にして正確、歳を微塵《みじん》も感じさせない。目鼻立ちが整った柔和《にゅうわ》な顔、総髪《そうはつ》に結った髪は白髪が混じっているものの豊かに波打ち肩に垂れていた。散歩に行きたいと応じるようにばつは尻尾《しっぽ》を振った。

天保《てんぽう》十四年（一八四三）弥生《やよい》一日、江戸は満開の桜に彩《いろど》られている。

外記はばつを伴《ともな》い浅草田圃《あさくさたんぼ》にある浄土宗《じょうどしゅう》の寺院、観生寺《かんしょうじ》へとやってきた。

江戸市中を散策する際には、外記は小間物《こまもの》問屋相州屋《そうしゅうや》の隠居《いんきょ》、重吉《じゅうきち》となる。地味な小袖《こそで》に袖なし羽織《はおり》を重ね、宗匠頭巾《そうしょうずきん》を被《かぶ》り、顎《あご》には白い付け髭《ひげ》だ。背中をやや曲げ、杖《つえ》をつきながら歩く姿は、誰が見ても商家のご隠居さんである。

桜吹雪が舞う境内《けいだい》で子供たちが遊んでいる。観生寺は手習い所でもあった。手習い所を主宰《しゅさい》するのは美佐江《みさえ》という婦人だ。島田髷《しまだまげ》に結った髪には外記が贈った朱色《しゅいろ》の玉簪《たまかんざし》を挿《さ》し、萌黄色《もえぎいろ》の小袖に薄い紅色《べにいろ》の袴《はかま》が目に鮮やかだ。

美佐江は蘭学者山口俊洋《らんがくしゃやまぐちしゅんよう》の妻である。夫俊洋は四年前の天保十年（一八三九）、当時目付《めつけ》であった鳥居耀蔵《とりいようぞう》が蘭学者を摘発《てきはつ》した蛮社《ばんしゃ》の獄《ごく》に連座し、小伝馬町《こでんまちょう》の牢屋敷《ろうやしき》に入れられている。美佐江は俊洋の帰還《きかん》を信じ、子供たちに手習いを教えていた。

霞《かすみ》がかった青空に子供たちの笑い声が吸い込まれてゆくと、外記の心は洗われる思いだ。

美佐江と共に子供たちと遊んでいる娘がいる。可憐《かれん》で美しい歌声のこの娘、ホンファといい、わけあって香港《ホンコン》から渡来《とらい》した。旅芸人一座に加わっていたが、陰謀《いんぼう》に巻き込まれ、外記に助けられた。日本に身よりのないホンファを外記は美佐江に預けたのだ。

美佐江が外記に気づき、お辞儀《じぎ》をした。外記も挨拶《あいさつ》を返そうとしたところへ、

「金を寄越《よこ》せ」

と、背後から荒々しい声と足音が近づいてきた。

振り返ると三人の男が乱入《らんにゅう》してくる。だらしなく着物を着崩した無頼《ぶらい》の徒《と》である。みな、匕首《あいくち》を手に子供たちに迫った。

ばつが吠えたて、一人の腕に噛みついた。男は手荒い仕草でばつを振り落とす。

素早く外記は三人の前に立ちはだかった。

「退《ひ》け、爺《じじい》！」

真ん中の男が怒鳴《どな》った。

すると右端《みぎはし》の男が、

「この爺、金を持っていそうだぜ」

真ん中の男はうなずき、外記に匕首を向けて財布《さいふ》を出せと怒鳴った。

「わかった。財布をやる」

外記は横目に美佐江たちを見た。美佐江とホンファは子供たちを本堂へと連れてゆき、扉を閉じた。

「早くしろ」

男に急《せ》かされ、外記は惚《とぼ》けた顔で丹田《たんでん》呼吸を始めた。口から胸一杯に息を吸い、ゆっくりと吐き出す。徐々《じょじょ》に呼吸の速度を上げてゆくと、全身に血潮《ちしお》が駆け巡って頰《ほお》が紅潮《こうちょう》した。

丹田が精気《せいき》で満たされた。

「何やってやがるんだ」

男は匕首を振りかざした。

外記は右手を前方に突き出し、腰を落とした。突き出した右の掌《てのひら》を拡げ、

「でや！」

と、精気を送った。

春だというのに陽炎《かげろう》が立ち昇り、三人の男を包み込んだ。周囲の空間が歪《ゆが》み、三人は揺らめいた。

と、次の瞬間には相撲取《すもうと》りの張り手を食らったように三人は後方に吹き飛んだ。

菅沼家伝来《でんらい》の秘術、気送術《きそうじゅつ》がさく裂したのだ。

地べたに転がった三人は狐《きつね》につままれたような顔でお互いの顔を見合わせていたが、一人が、

「化け物だあ〜」

と、悲鳴を上げて逃げ出すと二人も続いた。

「馬鹿め」

外記は呟《つぶや》き、ばつを見た。

ばつはきゃんきゃんと鳴き、右の後ろ足を引きずっている。男に振り落とされ、着地した時に痛めたようだ。外記はばつを抱き上げた。ばつは悲痛《ひつう》な鳴き声を放つ。

いつの間にかホンファが傍《かたわ》らに立って、ばつを心配そうに覗《のぞ》き込んでいた。

「足……大丈夫……」

美佐江もやってきた。

三人の乱入者は無宿人《むしゆくにん》だろうと美佐江は言った。昨年から、地方から職を求めて江戸にやってくる流人《るにん》が増えている。月日を経《へ》ると故郷の人別帳《にんべつちよう》から外《はず》されるため、無宿人ということになってしまう。幕府は各々《おのおの》に国許《くにもと》に戻るよう触《ふ》れを出しているが効果は薄い。

食い詰めた無宿人たちの中には犯罪に走る者もおり、問題になっていた。

「悪いことばかりじゃありませんわ。お札《ふだ》が降るそうですよ。それで、子供たちは早くお

札よ降れと言って、楽しみにしていますよ」

美佐江は言った。

「お札が降る……」

外記は呟いた。

美佐江が、

「子供たちばかりではありませんわ。大人たちもお札が降ると浮かれ騒いでおります」

と続けた。

「お札が降るとは……お蔭参《かげまい》りですな」

お蔭参りとはお伊勢《いせ》参りを指す。ただのお伊勢参りではない。伊勢のお札が降ったなら、大勢の人間が伊勢神宮を目指す。中には親に内緒、奉公先《ほうこうさき》に無断でお参りに行く子供、奉公人たちも続出するが、そうした者たちに施《ほどこ》しがなされるために、通行手形《てがた》も銭金《ぜにかね》もないのに伊勢神宮《じんぐう》までの旅ができる。こうしたお蔭参りはおよそ六十年周期で起きるとされている。

「この前にお札が降ったのは天保元年（一八三〇）でありましたな。十三年前ですか……」

六十年周期で起きるとしたら、早すぎる。十三年前は四国の阿波《あわ》にお札が降ったことに端《たん》を発し、四国や西国《さいごく》に限定されたお蔭参りであった。とはいえ、四百万人もの人間がお蔭参りに行ったとされている。この時代、日本の人口は約三千万人、実に一割以上の人間が伊勢神宮を参拝したのだった。

「子供たちの中にはお伊勢さまへお参りに行くと、今から気持ちを昂《たかぶ》らせている子もいるのですよ」

美佐江は子供たちのいる本堂を見やった。

「それにしても、どうして今頃、お札が降るなどという噂《うわさ》が流れているのでしょうな」

外記が疑念を口にすると、美佐江は考えを述べ立てた。

「大神宮の御師《おんし》さまが原因ではないでしょうか」

大神宮の御師とは伊勢神宮への参詣《さんけい》を案内する者だ。宿泊や参拝の手配などの世話をする。伊勢神宮に限らず様々な寺社に御師《おし》はいるが、伊勢神宮の御師は特に、「おんし」と呼ばれている。

年末になると町内を回り、各家にある神棚のお札を交換したり、御祓《おはら》いをする。彼らがやってくると、江戸の庶民《しょみん》は年の瀬を実感した。

年末の風物詩《ふうぶつし》であるが、その御師が弥生を迎えたばかりのこの時節に無償《むしょう》でお札を交換し、近々お札が降ると触れ回っているのだとか。

「江戸から大勢の人たちがお蔭参りに出かけそうですね」

淀《よど》んだ口ぶりからして、美佐江は喜ばしいものではない気がしているようだ。

「何かの騒ぎの前触れのような気がしますな」

外記も心配になってきた。

すると、小峰春風《こみねしゅんぷう》がやってきた。

外記を頭《かしら》とする闇御庭番《やみおにわばん》の一人である。

口と顎に真っ黒な髭を貯《たくわ》えた中年男だ。黒の十徳《じっとく》に身を包んだ絵師《えし》である。絵は独学だが、その写実的な画風は人であろうと建物、風景であろうと正確無比《せいかくむひ》に描き出すことができる。

春風は外記に会釈すると、ホンファや子供たちを絵に描き始めた。似面絵《にづらえ》のように描くための格好をさせることなく、歌を歌ったり踊ったり、駆け回ったりしているありのままの様子を描いていた。

ホンファが外記の元にやってきて、ばつの怪我《けが》が癒《い》えるまで面倒をみたいと頼んできた。ありがたい申し出だ。一人住まいの外記より、ホンファや美佐江、子供たちに囲まれながら平癒《へいゆ》を待つ方がばつにもよい。外記は礼を言い、ばつをホンファに預けた。

観生寺が平穏を取り戻したのを見定め、外記は境内を出た。

闇御庭番とは、元公儀《こうぎ》御庭番の菅沼外記とその配下たちである。

菅沼外記は、忍び御用を役目とする公儀御庭番だった。だった、というのは一昨年の四月、外記は表向き死んだのだ。

以後、死を装《よそお》い生きている。

そんな理不尽《りふじん》な生き方をしなければならなくなったのは、将軍徳川家慶《とくがわいえよし》の命《めい》を受け、元公儀御小納戸頭取中野石翁《おこなんどとうどりなかのせきおう》を失脚に導《みちび》く工作を行ったことに起因する。

石翁は、養女お美代《みよ》の方を大奥へ送り、先代将軍家斉《いえなり》の側室とした。お美代の方は数多《あまた》いる側室の中でも最高の寵愛《ちょうあい》を受けていた。石翁は家斉のお美代の方への寵愛を背景に、巨大な権勢《けんせい》を誇示《こじ》し、大奥出入りの御用達《ごようたし》商人の選定はもとより、幕閣《ばっかく》の人事にまで影響力を持った。

傾《かたむ》いた幕府財政を建て直すべく改革を行おうとする家慶と老中首座《しゅざ》水野越前守忠邦《みずのえちぜんのかみただくに》にとって、既得権益《きとくけんえき》の上に胡坐《あぐら》をかく石翁は大きな障害だった。そこで、外記に石翁失脚の忍び御用が下されたのだ。

外記の働きにより、石翁は失脚した。すると、水野は口封じとばかりに外記暗殺を謀《はか》ったのである。外記は間一髪《かんいっぱつ》逃れた。外記は表向き死んだことになり、家慶によって、将軍だけの命を遂行《すいこう》する御庭番、つまり、「闇御庭番」に任じられた。

改革は必要であるが、行き過ぎは庶民を苦しめるばかりである。水野やその懐刀《ふところがたな》である鳥居耀蔵の行き過ぎた政策にお灸《きゆう》を据える役割もまた、外記らは遂行することになったのである。


観生寺を出ると外記は浅草に足を向けた。

浅草はいつになく華やいだ空気が流れている。奥山《おくやま》の盛り場は、奢侈禁止令《しゃしきんしれい》の取り締まりが強化されているとはいえ、浅草寺《せんそうじ》境内とあって締めつけは緩《ゆる》やかであった。浅草寺が遠慮されるのは、神君《しんくん》徳川家康《いえやす》が江戸入府《にゆうふ》以来、累代《るいだい》の将軍が祈願寺《きがんじ》としているためだ。

そんな浅草寺境内にある奥山だが、この頃は更《さら》なる栄《さか》えようのようだ。

町人たちの顔にも笑顔が溢《あふ》れていた。

お札が降ってくるという噂が人々を陽気にさせているのだろう。

が、それに加えて、

「公方《くぼう》さまの日光東照宮《にっこうとうしょうぐう》への御参拝、随分《ずいぶん》と久しぶりだそうじゃねえか」

「六十年ぶりだってよ」

「六十七年ぶりじゃ」

「さすがはご隠居、物知りだね」

などと江戸っ子の話題をさらっているのは、この四月に計画されている将軍徳川家慶の日光東照宮参拝、日光社参《しやさん》であった。将軍の日光東照宮参拝は日光東照宮が建立《こんりゆう》された当初、時の将軍である三代家光《いえみつ》が何度も行ったが、参拝に伴う莫大《ばくだい》な費用が足枷《あしかせ》となり、時代を経るに従って減ってゆく。

家慶の先代、十一代将軍家斉は五十年の長きに亘《わた》って将軍の地位にあったにもかかわらず、ついに一度も参拝していない。現職のまま朝廷から太政大臣《だじようだいじん》の官職を贈られたただ一人の将軍でありながら、日光社参は叶《かな》わなかったのである。

その日光東照宮参拝を家慶が行う。実現させようとしているのは、老中首座水野越前守忠邦であり、水野はこれによって幕府における己《おの》が権威を絶対にする思惑《おもわく》がある。

すると、

「外記どの」

と、声をかけられた。

竹籠《たけかご》を背負い、手拭《てぬぐい》を吉原被《よしわらかぶ》りにした男が立っている。公儀御庭番村垣与三郎《むらがきよさぶろう》であった。

公儀御庭番は、御庭番家筋《すじ》の正統な血筋を継ぐ。祖父は勘定奉行《かんじようぶぎよう》を務めたほどに優《すぐ》れた男で、村垣自身、周囲から大きな期待を寄せられている。

また、家慶も村垣の誠実な人柄を愛し、闇御庭番となった外記との繋《つな》ぎ役にした。繋ぎ役にしたのは、単に連絡業務を行わせるに留《とど》まらず、外記から探索術《たんさくじゅつ》を学べという意図もあってのことだ。

「上さまの日光社参、大変な評判となっておりますな」

外記が語りかけると、

「そのようです」

返事をしてから村垣は外記を水茶屋《みずぢゃや》に誘った。

水茶屋では、若い娘が襷《たすき》がけで給仕《きゅうじ》に当たっていた。他の盛り場では見られない光景である。奢侈禁止令の取り締まりにより、水茶屋に接客用の娘を置くのは禁止されているが、奥山ばかりは、大目に見られているようだ。

それはともかく、娘たちの、「いらっしゃいませ」という声を聞くと、気分が明るくなる。

縁台《えんだい》に並んで腰かけ、茶と蓬団子《よもぎだんご》を頼んだ。

聞くともなく客たちのやり取りが耳に入る。

「御老中の水野さまは、鼻高々だそうだぞ。なにしろ、松平越中守《まつだいらえっちゅうのかみ》さまもできなかった公方さまの日光社参を成し遂げるってんだからな」

　松平越中守定信《さだのぶ》は老中首座であり、若かりし頃の将軍徳川家斉の後見職であった。傾いた幕府財政を建て直すべく質素倹約《しっそけんやく》、質実剛健《しつじつごうけん》を旨とした財政削減を行い、さらに、贅沢華美《ぜいたくかび》を取り締まる奢侈禁止令を発令した。定信以前に幕政を担《にな》っていた田沼意次《たぬまおきつぐ》の政策とは正反対の立場を取った。このため、その厳し過ぎる政治に庶民は不満の声を上げた。

　水野は定信の政《まつりごと》をお手本とし、より厳しい質素倹約と奢侈禁止を推進している。尊敬する定信も成し得なかった将軍の日光東照宮参拝を自らの手で行うことを誇《ほこ》っていても不思議はない。

「それでよ、公方さまの日光社参の時には、大した振る舞いがあるっていうのは本当かい」

「本当もなにもねえさ。ふんだんに酒や飯、菓子が配られるそうだぜ」

「そりゃいいや、そんで、ついでにお駄賃《だちん》もくだされば、水野さま万々歳《ばんばんざい》だな」

「おめえは調子がいいな」

「なら、おめえは、どうなんだい」

「おれは、溜《た》まってる店賃《たなちん》を帳消《ちょうけ》しにしてくれねえかなって思っているんだ」

「店賃、いくつ溜まっているんだ」

「四月《よつき》ぶんだよ」

「四月くらいでがたがた言うんじゃねえや」

などと好き放題なことを言っていた。

が、彼らの顔つきが曇《くも》った。

「施《ほどこ》されるのはおれたちだけだよな」

「おれたちって……」

「つまりさ、施しの品や銭は町内単位で配られるだろう。でもって、町内の会所《かいしょ》に受け取りにゆくわけだ。人別帳に載っていない連中は貰えねえよな」

「そりゃそうだろう。無宿人は施しを受けねえよ」

「となると、いさかいが起きるかもしれねえぜ」

二人の心配の背景には、このところ増えている無宿人問題がある。

全国から職を求めて江戸に流れ込んだ大勢の百姓たちは日雇い仕事で糊口《ここう》を凌《しの》ぎ、得た僅《わず》かな金を酒や博打《ばくち》に費《つい》やし刹那的《せつなてき》な暮らしを送ったり、まっとうな仕事などせずやくざ者に加わったり、物盗《ものと》りをしたり、と、いずれにしても治安《ちあん》の悪化の原因となっている。

実際、観生寺を騒がせた連中も無宿人たちだった。

幕府から施しがなされた場合、対象とならない彼らの鬱憤《うっぷん》が爆発し、いさかいが生じるのではないかと危ぶむ声が聞かれるわけだ。

「水野さま、庶民の気持ちに応えられればよいのですがな」

外記は言った。

「水野さまは、これまでの将軍家日光社参にひけをとらぬようにと意気込んでおられます。従って、様々な施しを考えておられます。将軍家日光社参は大いに景気を刺激するものですな」

なるほど、その通りだ。

行く先々の沿道《えんどう》への施し、更には宿場に落ちる金といったら莫大である。

「土産《みやげ》の菓子も大変なものです」

将軍の代参《だいさん》として御台所《みだいどころ》や側室が寛永寺《かんえいじ》、増上寺《ぞうじょうじ》を訪れるに際しては三万個以上の饅頭《まんじゅう》が土産とされる。ましてや今回は将軍の日光社参なのである。想像を絶する量の菓子が土産とされるだろう。菓子ばかりではない。行列を装う衣類、履物《はきもの》に費やされる金子《きんす》、人足、江戸の町人への施し代といったら膨大《ぼうだい》な額となり、奢侈禁止令の取り締まりで引き締められた景気を大いに刺激する。

贅沢華美を敵とし、奢侈禁止令を強化する水野忠邦は、将軍の日光社参という大義《たいぎ》を名目に自分の政策を歪めることなく景気刺激ができるのだ。

水野の改革と鳥居の奢侈禁止令取り締まりにより、このところ大量の菓子購入などはなかった。まさしく、大奥出入りの菓子屋には特需《とくじゅ》である。

「上《うえ》さまの日光社参は江戸庶民ばかりか、日光道中の沿道の者にも大いなるありがたみをもたらすようですな」

「まさしく。ただ、いいことばかりではありませぬ」

「莫大な出費による御公儀の台所事情ですかな」

外記は白い顎髭を撫《な》でた。

「それもありますが海防《かいぼう》の問題です」

村垣は表情を引き締めた。

御三家《ごさんけ》の一つ水戸《みと》徳川家当主《とうしゅ》、徳川斉昭《なりあき》は幕府に海防を強化すべしと提言するばかりか、領内の寺院から鐘《かね》や仏像を没収し、鋳潰《いつぶ》して独自に大砲を製造している。また、藩士に軍事訓練を施し、西洋諸国との対決姿勢を鮮明《せんめい》にしていた。

幕府にも軍事強化を強く進言する斉昭は、家慶の日光社参の行列は軍事政権としての幕府の模範《もはん》を示すべし、すなわち、さながら戦国時代の如《ごと》き軍装で臨《のぞ》むべしと主張している。

これには幕閣は頭を悩ませている。軍装となると、費用ばかりかそれなりの準備と訓練が必要だ。泰平《たいへい》に慣れ切った旗本《はたもと》たちが具足《ぐそく》に身を固めた行軍《こうぐん》に耐えられるか。

「行軍ばかりではありません。水戸中納言《ちゅうなごん》斉昭さまは、日光にて軍事調練《ちょうれん》をせよと申されているのです」

斉昭は神君家康公《こう》の御霊《みたま》の前で、幕府の威勢を示すべしと、老中、若年寄、寺社奉行、町奉行、勘定奉行の三奉行を前に大演説をぶったそうだ。

斉昭は水野に自分の提言を受けるかどうか迫った。水野は、今回はあくまで参拝であることから、軍装、軍事調練はすべきではないと斉昭の意見を受け入れなかったそうだ。斉昭は不満顔で水野の態度を弱腰《よわごし》となじったという。

「元々、斉昭公と水野さまはそりが合わない上に、斉昭公は水野さまを水越《みずえつ》と呼び、見下しておられます。そのことも、水野さまには面白かろうはずがありませぬ」

苦笑混じりに村垣は語った。

斉昭は水野を水越、すなわち水野越前守を略して幕閣の面前で呼んでいるのだった。

水野派の幕閣と水戸家の間には不穏《ふおん》な空気が漂《ただよ》っているようだ。

「今、幕閣の間ではよからぬ噂が流れております」

と、村垣は声を潜《ひそ》めた。

水戸家は二代当主光圀《みつくに》が『大日本史《だいにほんし》』編纂《へんさん》という事業を開始して以来、天皇を尊《たっと》ぶべしという尊王《そんのう》思想を高めた。日本の歴史を通じて天皇が日本の主人であり、将軍は天皇によって政を委任《いにん》されている立場である。従って、天皇のために将軍や幕府は尽くすべきだというのが水戸家の考え方で、いつしかそれが水戸学と称《しょう》されるようになっている。

「近々、お札が降ると御師に触れ回らせているのは水戸家だというのです」

幕閣で流れている不穏な噂を村垣は披露《ひろう》した。

「お札が降ればお蔭参りが始まりますな。伊勢神宮は皇祖神《こうそしん》、天照大御神《あまてらすおおみかみ》を祀《まつ》る社……尊王心厚い水戸家なら、上さまの日光社参を邪魔立てするようなお蔭参りを煽《あお》ったとしても不思議はない、ということですか。加えて、斉昭公は御自分の考えを受け入れられず、上さまの日光社参に不満を抱いておられるのも、お蔭参りの陰に水戸家ありと勘繰《かんぐ》られる要因ですな」

外記は顎髭を撫でた。

「ご明察《めいさつ》の通りです」

正面を向いたまま村垣は答えた。

「上さまはいかにお考えなのですか」

外記も雑踏《ざっとう》に視線を投げながら問いかけた。

「上さまは、水戸家は尊王心厚いが公儀を思う気持ちも強い、天子さまを敬《うやま》い、敬うがゆえに将軍や公儀へも期待するものが大きいのだと、斉昭公のお考えに理解を示しておられます。更に申せば、天子さまをお守りするには公儀が強くならなければならないと考える水戸家が上さまの日光社参に横車《よこぐるま》を押すはずはない、と水戸家の関与を否定しておられます」

考え考え、村垣は語った。

「流言《りゆうげん》に惑《まど》わされない……さすがは、上さまは懸命《けんめい》であられますな」

外記の言葉に村垣はうなずき、

「とは申せ、お蔭参り騒動、何か裏があるかもしれませぬ。外記どの、目配りをお願い致します」

村垣は外記に向いた。

「承知しました」

外記はしっかりと首肯《しゆこう》した。

二

その頃、闇御庭番の一人、幇間《たいこもち》の一八《いつぱち》は芝神明宮《しばしんめいぐう》の裏手に来ていた。幇間らしく頭を丸め、派手な小紋《こもん》の小袖に色違いの羽織を重ねた年齢不詳《ふしよう》の男だ。

神明宮裏手に住む幇間仲間の久蔵《きゆうぞう》を訪ねてきたのだった。

久蔵は腕のいい幇間だ。水野忠邦の改革が推進され、その手先となっている南町奉行、鳥居耀蔵の取り締まり強化によるお座敷の激減にもかかわらず、久蔵は羽振りがいいと評判だった。

取り締まりが強まる最中《さなか》、金持ちたちは町奉行所の目が届く江戸市中ではなく、郊外の寮《りよう》で宴《えん》を催《もよお》したり、芸者、幇間を引き連れての物見遊山《ものみゆさん》をしたり、参詣に事寄《ことよ》せて菩提《ぼだい》寺《じ》での宴席に出たりと、取り締まりの抜け穴を通って遊興《ゆうきよう》しており、久蔵はそれに同道して稼いでいると評判なのだ。

それができるのは、久蔵には大店《おおだな》の主人など、贔屓客《ひいききやく》がいるからである。そんな太客《ふときやく》のおこぼれに与《あずか》れないかと一八は算段《さんだん》をして、久蔵を訪ねたのだった。

以前は神田明神下《かんだみようじんした》の三軒長屋《さんけんながや》に住んでいたが、一月程《ひとつきほど》前に芝に引っ越したと聞いた。

「一軒家にでも引っ越したかな。羨《うらや》ましいでげすね」

一八は呟きながらこの辺りのはずだと、久蔵の家を探した。

しかし、それらしい一軒家はない。

ならば、三軒長屋かと思い直して、探したが見つからない。

「あいつ、何処《どこ》だって言ってたかな……ああ、そうだ」

小間物屋の裏手にある長屋だと聞いたことを思い出した。

確かに、それらしい小間物屋がある。

裏に回ると長屋があった。近くに軒《のき》を連ねる武家屋敷の陰となり、日当たりが悪いことこのうえない。典型的な裏長屋であった。

「まさか、久さんが……」

と、思ったが念のために探すことにした。

すると、あった。

長屋の木戸に掛かる木札に久蔵の名前がある。一番奥、厠《かわや》に近い店《たな》で、おそらくは店賃も一番安いだろう。一体、どうしたのだろう。おこぼれに与るどころか、久蔵の身が危ぶまれる。

ともかく訪ねようと路地を歩き出した。桜満開というのに肌寒い風が通り抜ける。思わず着物の衿《えり》を合わせ、背中が丸まった。溝板《どぶいた》を踏み抜かないよう気をつけながら久蔵の家を目指す。路地の両側に建つ建物はどれも間口九尺（約二・七メートル）、奥行き二間《けん》（約三・六メートル）の棟割《むねわ》り長屋だった。

あちらこちらから赤ん坊の泣き声、それをあやしたり怒ったりする母親の声が聞こえてくる。

一八は久蔵の家の前に立ち、

「久さん、いるかい」

と、腰高障子《こしだかしょうじ》を叩いた。

「心張《しんば》り、掛けてないよ」

久蔵の声が返された。

何とも生気《せいき》が感じられない、けだるそうな声音《こわね》である。さては病《やまい》かと、危ぶみながら一八は腰高障子を開けようとした。ところが、建てつけが悪くぎしぎしと軋《きし》むばかりだ。それならと、腰を落とすと腰高障子の両側を持ち、上下に動かしながらやっとのことで開いた。

土間を隔《へだ》てた小上がりに広がる板敷《いたじき》に久蔵は転がっていた。そう、それは寝ているというよりも転がっていると言うのがふさわしい。掻巻《かいまき》にくるまり、こちらに背を向けている。蓑虫《みのむし》のような格好で、

「ご覧の通り、何もないよ」

寝返りも打たず、久蔵は言った。

一八を借金取りと思っているようだ。言葉通り、家の中には家財道具らしき物はない。縁《ふち》の欠けた茶碗が一つ、ぽつんとあるだけである。

「久さん、やつがれ、一八でげすよ」

一八は声をかけた。

久蔵はもそもそとやっていたが、首をこちらに向け、

「ああ、一八さんか。珍しいね」

と、むっくりと身を起こし胡坐をかいた。それが、目の前の久蔵は粗末《そまつ》な木綿《もめん》の着物によれたいい着物をあつらえてもらっていた。粋《いき》で通っていた久蔵は、贔屓客から見栄《みば》えの帯《おび》を締め、丸めた頭に頬は無精髭が伸び放題だ。芸者に評判だった端整《たんせい》な顔は見る影もない。

住まいと相まって久蔵の落魄《らくはく》ぶりは一目瞭然だった。

まあ、上がってと勧められたが板敷は埃《ほこり》だらけとあって、気がすすまない。とはいえ、上がらないのは失礼だと気遣《きづか》って板敷に腰かけた。

「珍しいね、じゃないでげすよ。どうしたんだい」

一八は家の中を見回した。

「どうしたもこうしたもないね。見ての通り、すっからかんだよ。だから、茶の一杯も出せないから勘弁しておくれな」

面目《めんもく》ないと久蔵は頭を下げた。

「そんなことはいいよ」

首を左右に振り、一八は土産の竹の皮包《づつみ》を差し出した。

「大福でげすよ」

一八が言うと久蔵はぺこりと頭を下げ、

「せっかくの大福にお茶もないんじゃ申し訳ないねえ。何なら、井戸で水を汲《く》んで飲んでおくれな」

久蔵は縁の欠けた茶碗を差し出した。

「いらないよ。風邪をひいてしまうでげすよ」

一八は即座に断った。

久蔵は大福を貪《むさぼ》るように食べ始めた。あっという間に一つ平らげた食欲に久蔵の飢餓《きが》を見て、

「いいよ、全部食べなよ」

自分も食べようと思っていたぶんの大福も久蔵に勧めた。久蔵は礼を言うと夢中で食べ、

「ありがとう。情けないことに、ここ三日、水っ腹でね」

水しか飲んでいないのだとか。

「久さん、大福は取られやしないんだから、ゆっくり食べな。何なら、この後、蕎麦《そば》でも

食べるかい、奢《おご》るよ」

一八は声をかけたが久蔵は耳に入らないようで、一心不乱《いっしんふらん》に大福を口に運ぶ。両手に大福を持ち、左、右、交互にぱくついた。

すると、

「ううっつ」

久蔵は大福を咽喉《のど》に詰まらせてしまった。目をむき、苦しみ出した。

「だから、言わないこっちゃない」

苦笑を漏《も》らし、一八は久蔵の背中をさすった。真っ赤な顔で久蔵は餅《もち》を呑み込もうとしている。

「少しの辛抱《しんぼう》だよ」

一八は茶碗を持って家を出ると井戸に向かった。

釣瓶《つるべ》で水を汲み、大急ぎで戻る。撥《は》ねた水は冷たく茶碗を落としそうになった。両手でしっかりと茶碗を持ち、何とか家に戻ると久蔵は苦境《くきょう》から脱していた。それでも、一八から茶碗を受け取って水を飲むと落ち着いた表情となった。

「美味《うま》かったよ。一八さん、ありがとう」

久蔵はぺこりと頭を下げた。

「それよりさ、どうしたんでげすよ」

一八が問いかける。

「旦那《だんな》をしくじったんだよ」

久蔵はため息混じりに答えた。

「旦那っていうと……」

「扇屋《おうぎや》の旦那だよ」

久蔵は言い添えた。

扇屋は芝きっての老舗《しにせ》菓子屋である。伊勢が本店《ほんてん》で、伊勢名物の餡子《あんこ》たっぷりの餅、豆《まめ》福餅《ふくもち》が有名である。主人門左衛門《もんざえもん》は粋なお座敷遊びをする分限者《ぶげんしゃ》として知られてもいる。

奢侈禁止令の発令前は一八もお座敷に呼ばれ、祝儀《しゅうぎ》に与ったことがある。久蔵は門左衛門に気に入られ、門左衛門の座敷を仕切るようになり、お伊勢参りや京《きょう》、大坂《おおさか》見物にもお供《とも》をした。

「扇屋の旦那を、なんだってしくじったんでげすよ」

一八が問いかけると久蔵は肩を落とした。

「あたしがいけなかったんだ」

そりゃそうだろう、だから、出入り止めになったんだと一八は思いながら、詳《くわ》しい話を聞かせてくれないかと再び問うた。

「酒席でね、ほら、旦那が持っている葛飾村《かつしかむら》の寮でのことさ」

向島《むこうじま》の北、葛飾村は南北町奉行所の管轄《かんかつ》外、妖怪《ようかい》奉行さまの取り締まりの目も届かないだろうと、一月前に憂《う》さ晴らしをやったのだそうだ。

鳥居の南町奉行所の目は届かないといっても、油断は禁物である。数人がかりで慎重に酒や肴《さかな》を運び、芸者衆もばらばらに寮に集まった。もちろん、芸者衆は寮で艶《あで》やかな着物に着替えた。

男も女も野良《のら》着姿でやってきたのだそうだ。

「まあ、みんな、このご時世だからね、最初の内は神妙《しんみょう》に、大声を上げたり騒いだりは控えめにしていたんだ。でも、何だか辛気臭《しんきくさ》いっていうか、お通夜《つや》みたいで……それじゃあ面白くないってんでね、旦那があたしにみなさんが楽しむように盛り上げろって、おっしゃったんだよ」

久蔵はここぞとばかりに盛り上げようと奮闘《ふんとう》した。芸者が弾《ひ》く三味線《しゃみせん》に合わせて珍妙《ちんみょう》な踊りを披露し始める。酒が入ったとあって宴は徐々に盛り上がった。こうなると、人は勝手なもので、鳥居のことも南町の手入れのことも気にならなくなった。

「ところが、何事も程々《ほどほど》にしないといけませんやね」

日頃溜まっていた鬱憤を久蔵は爆発させてしまった。酒も飲み過ぎた。

つい調子に乗って、

「旦那のこと、やかん、って呼んだんだ」

やかんは門左衛門のあだ名である。

見事なやかん頭だからだ。ところが、陰で囁《ささや》かれることこそあれ、面と向かって門左衛門をやかんと呼ぶ者はいない。門左衛門自身、やかん頭を気にしており、誰もが禁句だとわかっているからだ。

宴席は無礼講《ぶれいこう》とはいえ、その禁を久蔵は破ってしまった。

「旦那も初めの内は、笑って許してくださったんだ。それで、あたしも調子づいてね」

宴席者の受けを狙おうと久蔵は暴走した。湯呑を門左衛門の脇に持っていって、

「やかんからお湯を」

などと声をかけながら門左衛門の頭をやかんに見立てて手で傾け、茶碗に湯を注ぐ真似《まね》をした。宴席から笑い声が上がったが、それは一瞬のことで、すぐに水を打ったように静まり返ってしまった。

「旦那の目が尖《とが》ったんだけど……」

それでも、酔った久蔵はかまわず続けた。

「それがいけなかった」

久蔵は自分の頬を拳《こぶし》で叩いた。

笑いを取ろうと、久蔵はやかんに見立てた門左衛門の頭を何度も茶碗に傾けた。すると、門左衛門は怒りを爆発させた。

「旦那はやおら立ち上がると、蒔絵《まきえ》銚子《ちょうし》を手にあたしの頭上から酒を降り注いだんだ」

みなは呆気《あっけ》に取られたが、門左衛門におもねってやんやの快哉《かいさい》を叫んだ。

「それでね、あたしも、こりゃ参りましたって、両手をついたんだ」

久蔵はやり過ぎたと我に返った。

酔眼《すいがん》に映る門左衛門の顔はどす黒く歪んでいたが、宴席が笑いに包まれているのに気をよくしたようで、徐々に表情が和《やわ》らいだ。

「あたしはほっとしたんだ」

門左衛門の許しを得たと思い、それからは大人《おとな》しくしていた。酔いを醒まそうと酒を飲まず、台所で水を飲んで宴席に戻った。宴席では扇屋名物の豆福餅をお茶請《う》けにお茶を飲んだ。

「ところがだよ、突然旦那が怒り出したんだ」

門左衛門は烈火《れっか》の勢いで久蔵を怒鳴りつけた挙句、

「おまえなんか、出入り止めだ、二度とわしの前に顔を出すなって、そりゃもう、あたしが親の仇《かたき》じゃないかってくらいの調子で怒鳴り立てたんだ」

許されたはずが門左衛門の豹変に、久蔵は驚きと戸惑いでその場を動けなかった。すると、門左衛門に気を遣った何人かが久蔵を無理やり立たせ、座敷の外に連れ出したという。

「許されたんじゃなかったのかい」

一八が問いかけると久蔵は首を傾《かし》げながら、

「あたしもそう思ったんだ。でも、旦那は根に持っていなすったんだね。それが酔いが回って怒りがぶり返したんじゃないかな。ぶり返すきっかけは……」

思い出そうと久蔵は天井を見上げた。天井の節穴《ふしあな》に視線を預けてからはっとしたように一八を見返して言った。

「あたしはお茶を飲んでいたからね、急須《きゅうす》にやかんからお湯を足したんだ。あたしがやかんを使うのを御覧になって、旦那の怒りがぶり返したんだよ、きっと。つくづく、馬鹿なことをしたもんだよ」

今更《いまさら》ながら久蔵は反省しきりとなった。

「そう、くよくよしなさんな。門左衛門旦那だって、酒の席の戯《ざ》れ遊びだってことはわかっていらっしゃるよ。時が経てば、許してくださるさ。ああ、そうだ。今頃、きれいさっぱり忘れていらっしゃるかもしれないよ」

一八の慰《なぐさ》めに、

「もちろん、あたしだってさ、何度か詫《わ》びを入れにお店まで足を運んだんだ。初めの内は門前払いだったんだけど、何度めかに会ってはくださったんだ。ところが、あたしもどじだね……」

久蔵は苦笑した。

扇屋を訪れるのに手ぶらではいけないだろうと、久蔵は訪問のたびに土産を持参した。大抵《たいてい》は酒であったが、会ってくれた日に限って菓子を土産とした。

「しかもよりによって、布袋屋《ほていや》の栗《くり》饅頭だったんだ」

布袋屋は扇屋の競合菓子屋だそうだ。何代にも亘《わた》って大奥出入りを競い合っている。また、布袋屋は御三家の紀伊《きい》徳川家、扇屋は水戸徳川家に出入りしていた。今回の将軍日光社参に際しては布袋屋の栗饅頭が土産品に採用され、門左衛門は悔《くや》しい思いをしていたという。

「つくづくあたしはどじだよ」

その時の光景が蘇《よみがえ》ったのか、久蔵は掻巻を被ってふて寝をした。門左衛門の逆鱗《げきりん》に触れ、自分のしくじりに我を忘れて家路についた。弱り目に祟《たた》り目とはよく言ったもので、ありったけの金五十両が入った財布をすられてしまった。

久蔵は着物や家財道具を売り払い、神田明神下の三軒長屋を出たのだそうだ。

「久さん、止《や》まない雨はないよ。時が過ぎれば門左衛門旦那の勘気《かんき》も和らぐさ。諦《あきら》めず、詫びを入れ続けるでげすよ」

励ますしかないと一八は語りかけた。

「もう、あたしには会ってくださらないよ」

掻巻にくるまったまま久蔵は言った。

それでも一八は諦めるなと言い置いて去ろうとした。

すると、

「そうだ、一八さん」

と、久蔵は半身を起こした。

「なんでげす。蕎麦でも食べるかい」

一八が返すと、

「あたしの代わりに扇屋さんに顔を出しておくれな。旦那に謝《あやま》っておくれでないかい、久蔵は心底から悔《く》いておりますって。どうせ、暇なんだろう」

久蔵は頼み込んだ。

「どうせは余計でげすがね、忙しくはないさ」

一八が返すと、

「なら、扇屋さんに寄っておくれな。こっからなら目と鼻の先だからさ。白状すると、芝神明宮さん近くに越してきたのも、扇屋さんにもしものこと……たとえば火事にでもなったら、すぐにも駆けつけられるからなんだ。ねえ、一八さん。恩に着るからさ。この通りだ」

久蔵は両手を合わせ、一八を拝《おが》んだ。

「わかったでげすよ。他ならぬ久さんの頼みだ。まあ、任《まか》せておくれな」

一八が引き受けると久蔵は顔中をくしゃくしゃにして礼を言った。

「で、久さん。門左衛門旦那に会える手立てはないかね。いきなり、見ず知らずの幇間が訪ねてっても、門前払いが落ちだ。いや、久さんに呼ばれて旦那のお座敷に出たことはあるけど、言葉を交わさなかったから、やつがれを覚えてはいないと思うんだ……」

一八が危惧《きぐ》すると久蔵はにっこりして言った。

「柳橋《やなぎばし》の芸者で梅乃《うめの》さん……旦那はぞっこんでね、囲いたがっているんだけど、梅乃さんにはいい人がいてね……で、梅乃さんの使いだってことにしてさ、頼むよ」

「わかった。梅乃さんだね。うまくいったらお礼しておくれよ」

一八は久蔵の家を出た。

「任せておくれな」

とは言ったものの、一八は己《おの》が安請け合いを悔いた。何てお調子者だと自分を責めた。だが、調子がいいのは幇間には才、だから幇間をやっているんだと思い直す。加えて、扇屋門左衛門と久蔵の仲を取り持ち、自分の幇間としての力を示そうという気持ちにもなった。

増上寺門前町《もんぜんまち》にある扇屋に着いた。間口十間（約十八メートル）、老舗の貫禄《かんろく》を漂わせた店構えだ。新しく葺かれた屋根瓦《がわら》が春光を弾《はじ》き、屋根看板には応仁元年（一四六七）創業とある。久蔵から聞いた扇屋の由緒によると、足利《あしかが》時代に創業されたということだった。

応仁の乱前夜、扇屋は京都の西陣《にしじん》に店を構えたが、のちに乱によって荒廃した京都から伊勢に移った。伊勢では伊勢神宮の内宮《ないくう》、外宮《げくう》双方で商いをし、戦国の世には織田信長《おだのぶなが》と豊臣秀吉《とよとみひでよし》に庇護《ひご》された。

徳川の世となると、江戸に出店を構えた。上野寛永寺《うえのかんえいじ》と共に将軍の菩提寺である増上寺の門前に店を出し、将軍や御台所、側室たちの増上寺参詣には豆福餅が土産とされた。大奥にも出入りしていたが、門左衛門の先代の時、火事で店が全焼した。

将軍家斉が増上寺に参詣する折のことで、土産にする予定だった豆福餅が用意できなかった。そのため、急遽《きゅうきょ》神田明神下の菓子屋布袋屋の栗饅頭が土産に代用されたのである。布袋屋の栗饅頭は大奥の奥女中に好評で、大奥御用達は布袋屋に奪われてしまった。その後、布袋屋は紀伊徳川家にも出入りし、今回の将軍日光社参にも土産品として栗饅頭が採用された。

屋根看板には水戸中納言さま御用達と大書《たいしょ》してある。尊王心厚い水戸家は皇祖神たる天照大神を祀る伊勢神宮所縁《ゆかり》の扇屋を贔屓にしているのだった。

柿色《かきいろ》地の暖簾《のれん》に白地で扇屋の屋号と扇を模《かたど》った暖簾印が描かれていた。一八は春風にたなびく暖簾を潜《くぐ》った。

小僧に声をかけようとしたが、手代《てだい》を見かけたので、門左衛門への取次を頼んだ。手代は一八のなりと口ぶりから幇間と見て、

「旦那さまはお忙しいんだよ」

取りつく島もない態度で拒絶した。

「おや、そいつは残念でげすよ」

一八は大袈裟《おおげさ》に残念がった。

「さあ、帰りなさいよ。言いたくはないがね、あんた方のような柔らかい稼業の方々にうろうろされては、当節商いに障《さわ》りがあるんだよ」

幇間を蔑《さげす》む手代の言葉に一八は内心でむっとした。それでも、顔に出すどころかへらへらとした態度で、

「柳橋の筋から、扇屋の旦那に言づけを承《うけたまわ》っているんでげすがね」

久蔵から聞いた門左衛門が水揚《みずあ》げしようと企《たくら》んでいる芸者の関わりを匂わせた。すると、手代はもごもごと口ごもった。

「旦那、気になさっておられるんじゃないでげすかね」

一八は言い添えた。

「まあ、ちょいと、待ってな」

手代は店の中に引っ込んだ。

待つほどもなく手代が戻ってきて、店の裏に回れと告げた。一八はぺこりと頭を下げて裏に足を向ける。

母屋《おもや》の庭で門左衛門が鉢植えの盆栽を手入れしていた。奢侈禁止令の折、木綿の地味な着物に袖なし羽織を重ねていた。歳は五十前後、髪には白い物が目立つが肌艶《はだつや》はよく、恰幅《かっぷく》のいい身体が老舗和菓子屋主人の風格を漂わせている。

ただ、久蔵がからかったようにやかんのような頭が滑稽《こっけい》である。

門左衛門は一八に気づくと、目で入るように言ってきた。

一八は木戸から入り、門左衛門にお辞儀をした。門左衛門は鋏《はさみ》を使いながら、

「梅乃が何だって」

と、問いかけてきた。

一八は揉《も》み手をしながら、

「梅乃さん、そりゃもう旦那にぞっこんですよ」

「へえ、そうかね」

門左衛門は生返事である。

「旦那もご存じのように、梅乃さんといやあ、男勝《おとこまさ》りでげすよ。小金貯めた男連中から、いくら言い寄られたって、歯牙《しが》にもかけないってお人でげすよ。その梅乃さんが、こと旦那の話になるっていうと、なんだか、ふにゃあとなるっていうんでげすかね、目元が赤らんでしまって……あの気の強いお人が、こんなにも可愛《かわい》くなってしまうのかいなって、そりゃもう、梅乃さんを惚《ほ》れさす男ってどんなお方なんでげしょうって、やつがれはお会いするのが楽しみだったんでげすよ」

勢いに任せ、一八は捲《まく》し立てた。

門左衛門は盆栽から目をそらさず、

「こんな男だよ」

と、すげなく返した。

一八は動ずることなく続けた。

「わかったでげすよ。男を惚れさす男でなけりゃ、粋な年増《としま》は惚れやせねって、言うでげしょう。まさしく、旦那は男惚れするお方でげすね。梅乃さんがぞっこんのわけがわかりました」

門左衛門は鋏を止め、

「ふん、本当に梅乃がそんなことを……」

と、横目で一八を見た。

「旦那、そりゃつれないでげすよ。梅乃さんの苦しい胸の内を、察してあげてくださいな」

ここぞとばかりに一八は言い立てた。

「鵜《う》呑《の》みにはできないね」

門左衛門は盆栽《ぼんさい》の手入れに戻った。

「旦那、ここらが推《お》し時でげすよ」

一八は語調を強めた。

ところが、

「ふん、そんなくだらないことを言いにやってきたのかい」

門左衛門は不機嫌になってしまった。

やかん頭が鈍《にぶ》い輝きを放つ。

すかさず一八は揉み手をしながら語りかけた。

「それでげすよ、ここらで梅乃さんとの仲を取り持つ者が必要なんじゃないでげしょうかね」

「なんだい、おまえさん、自分が使いに立つって売り込みに来たってわけかい」

門左衛門はじろっと一八を見た。

「そうじゃないでげすよ。こんな時にはぴったりの男がいるじゃないですか」

一八の言葉に、

「誰だい」

門左衛門は冷めた口調で問いかけた。

「久蔵でげすよ」

一八が答えると、門左衛門は顔をしかめた。

「久蔵でしたらぴったりでげすよ。ね、そうでげしょう」

一八は身を乗り出した。

門左衛門は不快感を強め、

「おまえさん、久蔵に頼まれてわしのところにやってきたのかい」

と、冷笑を浮かべた。

一八は否定しようかと迷ったが、正直に久蔵が詫びたがっているという思いを伝えた方がいいと思った。

「お見通しでげすね。久蔵、旦那をしくじって心の底から悔いて、申し訳ないって、旦那に詫びを入れたがっているんでげす」

心を込め、一八は久蔵を庇《かば》った。

門左衛門は冷笑を浮かべたまま、

「あいつが悔いているね……」

と、横を向き、盆栽の手入れを終えると母屋へ向かおうとした。それを一八が引き留め、

「旦那、ほんと、久蔵は悔いているんでげすよ。許されないかもしれないでげすが、一言詫びたいって願っているんでげす。ですから、一度でいいので、会ってやって頂けませんかね」

おちゃらけては駄目だと一八は真剣な顔になって訴《うった》えかけた。

「よくもそんなことが言えたものだね。図々《ずうずう》しいのは幇間としちゃあ褒められるんだろうがね、わしは幇間じゃない。商人だ。商人はね、信用を失ったらお仕舞いなんだ」

相当に立腹《りっぷく》しているようだ。

久蔵が図に乗ってからかったやかんのような頭に一八の目はいってしまう。額《ひたい》には血管が浮き出て、相当に怒っているのがわかる。とてものこと、怒りは静まっていないようだ。

「ごもっともでげすが、そこは幇間の情けなさ。酒の上のしくじりを大目に見てやるのも、旦那の度量《どりょう》だって思うんでげすがね」

一八が言うと、

「大したもんだね。わしはね、これまで数多のお座敷を張ってきたがね、幇間に小言《こごと》を言われたのは初めてだよ」

皮肉たっぷりに門左衛門は言い返した。

「それを言われては、やつがれも穴があったら入りたいでげすが、旦那、この通りでげす。久蔵の話を……」

一八は深々と腰を折った。

「何度言われたって無駄だ」

門左衛門はきつい物言いをした。

「そうおっしゃいますがね、久蔵は芝神明宮さんの裏手に引っ越したんでげすよ。そらもう、日当たりの悪い裏長屋でげす。どうして、芝に引っ越したんだっていうとですよ、万が一、芝で火事が起きたら、いの一番で駆けつけるためだって……ねえ旦那、その久蔵の心意気を汲んでやってくれませんか」

一八は目を凝《こ》らした。

「あいつ、うちのお店が火事になりゃいいって思っているのかい」

久蔵の心意気を斟酌《しんしゃく》するどころか、門左衛門は憎まれ口を叩いた。

「旦那、意地の悪いこと、おっしゃらないでくださいよ。そんなこと思っているはずないでげすよ」

一八は顔をしかめた。

門左衛門は薄笑いを浮かべ、

「ともかくだ。わしは、許すつもりはない。出入りはさせないよ」

と、突っぱねた。

「宴席の戯言《ざれごと》でげすがね」

一八は粘《ねば》った。

「確かに無礼講だよ。だがね、幇間ならいくら無礼講といっても、全てが許されるわけじゃないんだ。そんなことは、幇間ならば心得ているものじゃないかね」

「一々、おっしゃることはごもっともでげすが、そこが、幇間の愚《おろ》かさってやつでございましてね、なんとか」

一八は何度も頭を下げた。

「もう、帰っておくれ」

門左衛門は右手をひらひらと振った。すると、先程《さきほど》の手代がやってきた。門左衛門に耳打ちをする。

「わかったよ」

門左衛門は手代に返事をした。

次いで、

「来客だ」

それで話を打ち切り、門左衛門は母屋に向かった。今日のところは引き下がるしかない。

しかし、一八は諦めようとは思わなかった。それどころか、絶対に久蔵との仲を取り持つと闘志《とうし》が湧いてきた。

やつがれも幇間だという意地が出た。

木戸から出ようとした時に、

「藤田《ふじた》さま、いらっしゃいませ」

という声がして、ふと気になった一八は庭へ戻ってみた。

門左衛門は満面の笑みを広げていた。

一八に向けていた顔とはまるで別人である。藤田さまと呼ばれた男は、立派な身形《みなり》の侍《さむらい》であった。しかも、武士としての品格を漂わせていた。

辞《じ》を低くしながら門左衛門は藤田を案内して座敷に入った。扇屋の屋根看板には水戸さま御用達と記してある。とすれば、藤田さまは水戸徳川家の家臣なのかもしれない。

「天下の副将軍さま御用達でげすか」

一八は呟いた。

水戸家御用達ともなると、莫大な量の菓子を納入しているのだろう。

「景気はいかに」

藤田の声は閉じられた障子越しにもよく通った。

「お蔭参りのお陰で……」

門左衛門は弾けるような笑い声を上げた。

お蔭参り……

そういえば、お札が降るという噂でもちきりである。伊勢参りとなれば、伊勢本店の扇屋の豆福餅が売れるのはわかる。

奢侈禁止令の最中、扇屋ばかりは不況知らずのようだった。

三

その頃、江戸城老中用部屋近くの小座敷で水野忠邦と鳥居耀蔵が向かい合っていた。

「今、江戸市中では上さまの日光社参の話で持ち切りでございます。町人ども、こぞって水野さまの偉業《いぎよう》を称《たた》えておりますぞ。まこと、あっぱれなる名宰相《めいさいしよう》であると。古《いにしえ》の唐土《もろこし》、張良《ちようりよう》にも比較されております」

歯の浮くような賞賛を鳥居は並べ立てた。

満更《まんざら》でもない笑みを浮かべているのは、水野自身が家慶の日光社参を実現させるのを誇りに思っている程を物語っている。

水野は、

「何より、上さまがお喜びである」

と、満足そうに言った。

ここで、鳥居の顔に影が差したのを水野は見逃さなかった。

「いかがした」

水野は切れ長の目を向けた。

思い詰めたように鳥居は口を開いた。

「町人ども、確かに上さまの日光社参に湧き立っております。それは、上さまへの尊敬の念と共に施しを期待してのことでござります」

「それは致し方なかろう。町人ども、過大な期待を抱いておろうな」

水野は言った。

「振る舞い酒、振る舞い菓子、借財の棒引き……好き放題申し立てております。猫も杓《しゃく》子《し》も恩恵に与ろうというのですから、始末に負えませぬ」

鳥居は顔をしかめた。

「奢侈禁止令の取り締まりを強化しておるというのに、日光社参で張り詰めた気分が緩むとそなたは危惧しておるのか」

水野は訝《いぶか》しんだ。

「気の緩みは一時のものでござります。上さまの日光社参が終われば、より一層の取り締まりを行うまでのことです」

「ならば、何か不安な点でもあるのか」

水野の問いかけに鳥居は一呼吸置いた。

「上さまの日光社参で盛り上がる一方、町人どものあいだに伊勢神宮のお札が降るという噂が広まっております」

鳥居は言った。

「伊勢神宮の札な……たしかにわしの耳にも入っておる。お蔭参りが始まるかもしれぬというわけか」

警戒心を抱いたようで水野の表情は厳しくなった。

「そのようです。我こそが伊勢へ参るのだと、意気込んでおる者が巷《ちまた》に溢れております」

鳥居は憂《うれ》いを示すように深刻な顔つきとなった。

「上さまの日光社参に泥を塗る企てと思っておるか」

水野も嫌な顔をした。

「そのような気が致します。日光社参に嫌がらせをする者がおるのかもしれませぬ」

「皇祖神たる天照大神を祀る伊勢神宮、神君家康公を祀る日光東照宮、いずれも朝廷より例幣使《れいへいし》が送られる。お蔭参りへの期待は、日光社参の意義を低くし、伊勢神宮の権威《けんい》を高めんとする動きにも見えるのじゃがな」

水野の考えに、

「拙者《せっしゃ》も同じ考えです。畏《おそ》れ多くも将軍家を貶《おとし》めるような不届《ふとど》きなる輩《やから》となりますと」

鳥居の目がどす黒く淀んだ。

「水戸家……」

水野は言った。

「さもありなんです、副将軍さまが気になります」

鳥居も水戸家が怪《あや》しいと賛同した。

水戸家の歴代当主は江戸定府《じょうふ》が義務づけられているため、いつの頃からか副将軍と称されている。

副将軍という役職は幕府の職制にないのだが、水戸家は副将軍を自任しており、幕政にも嘴《くちばし》を挟んだ。いわば、党内野党のような存在となってきた。

「水戸家、いかにも因縁がございます」

鳥居が言うように、水戸徳川家は光圀以来の勤皇《きんのう》家、そして党内野党としての存在に加えて、斉昭の当主就任に際して幕府との間に因縁《いんねん》があった。斉昭は後に烈公《れっこう》と称されたように大変に激情型の性格であった。それゆえ、家中では当主に戴《いただ》くのを喜ばぬ者たちが数多いた。そこで、そうした者たちは密《ひそ》かに幕府に働きかけ、先代将軍家斉の二十男を養子に迎えるということが考えられた。

陰謀は実現寸前に阻止《そし》され、斉昭は水戸家当主となった。そんな経緯は幕府と水戸家との間に深い溝を作った。その因縁が未《いま》だに尾を引いているのかもしれない。

「水戸さまの意地悪ということでしょうか」

鳥居は言った。

「意地悪の範疇《はんちゅう》ではあるまい。六十七年ぶりの将軍家、日光社参にけちをつけるとはまさしく不届き極まるものと申せよう」

舌鋒《ぜっぽう》鋭《するど》く水野は言い立てた。

「おおせの如く、見過ごしにはできませぬ。厳重なる抗議を行わねばなりませぬ。それには証《あかし》が必要です」

「抗議で済む話ではあるまい」

よほど、自分の仕事にけちをつけられたのを水野は不快に思っているようだ。

「と、おっしゃいますと……まさか、水戸さまを改易《かいえき》なさるおつもりで……」

上目遣《うわめづか》いに鳥居は問いかけた。

「そうしたいところであるが、さすがに、神君家康公のお血筋を絶やすことはできぬ。そうであるのなら、せめて減封《げんぽう》の上、国替え、そして斉昭公の隠居、それくらいの処罰はせねば、公儀は弱腰と水戸家にあなどられてしまうぞ。のう」

賛同を求めるように水野は語りかけた。

「まさしく」

鳥居もうなずく。

鳥居の陰謀好きの性根《しょうね》が反応し、顔つきは陰険《いんけん》そのものとなり、目は暗く淀んでいる。

「それには、入念な探索と動かぬ証が必要じゃぞ」

改めて水野は言った。

「お任せくださりませ」

鳥居は自信の程を示す。

「そなたに任せる。必ずや、成果を上げよ」

「承知しました」

鳥居は両手をつく。

「前もって申しておく。斉昭公の側用人《そばようにん》で藤田虎之助《とらのすけ》という者がおる。水戸家の藩校、彰考館《しょうこうかん》きっての秀才と称され、斉昭公の側用人を務めておるように、中々の切れ者であるとか」

水野は言った。

「藤田が今回のお蔭騒動の黒幕かもしれぬと、お考えなのですな」

「勘繰《かんぐ》っておるに過ぎぬ……じゃが、藤田であったのなら面白いであろう」

水野はにんまりとした。

「なるほど、藤田の罪を糺《ただ》せばよろしゅうございますな。藤田を弾劾《だんがい》できれば、斉昭公の右腕、水戸家の大黒柱は失われ、公儀の意向に従わざるを得なくなる、というわけですな」

鳥居は満々たる意欲を見せた。

「水戸家の領地、鹿島灘《かしまなだ》の湊《みなと》は海防にとり重要な拠点となる。オロシャの船が江戸に押し寄せるのを迎え討つには最適の地であるぞ」

水野も気持ちを昂らせた。

「まさしく」

鳥居も同意した。

「水戸さまには遠隔《えんかく》の地に移って頂こう。奥羽《おうう》のいずれかの地に追いやり、二十万石程で家名が保つようにせねばならぬな。そして、御当主には江戸に定府して頂かずともよくすればよい。公儀の政に口出しできぬようにするのじゃ」

「さすれば、水野さまに反対する者はいなくなりますな」

鳥居の言葉に水野は大きくうなずく。

「思わぬ収穫になりそうじゃぞ。これも、東照大権現《だいごんげん》さまの御加護《ごかご》かもしれぬ」

水野は上機嫌になった。

「ところで、全国から流入しておる無宿人どもでございますが」

鳥居は話題を変えた。

「すみやかに江戸から国許に帰るよう触れを出したであろう」

水野の顔は曇った。

その効果が上がっていないのを水野も承知しているからだ。

「それが、益々《ますます》、流入の者たちは増える一方でございます」

鳥居の言葉は水野の憂いを強めるものだった。

このところ、全国から村を捨て江戸に食い扶持《ぶち》を求めてやってくる流人によって、江戸の治安、風紀が乱れている。

町奉行として、それらの無宿人の始末をつけることを鳥居は求められていた。

「そのことにございますが……」

鳥居は思わせぶりな笑みを浮かべた。

「何か企んでおるのか」

水野もうれしそうな顔になった。

「今年、始める予定でございますが、印旛沼《いんばぬま》の干拓《かんたく》、中々の難工事と予想されております」

鳥居が言ったように印旛沼干拓は過去に二度行われたが、いずれも挫折《ざせつ》した。今回、庄内藩《しょうないはん》、沼津藩《ぬまづはん》、鳥取藩《とっとりはん》、秋月藩《あきづきはん》、貝渕藩《かいふちはん》という五つの大名家に手伝い普請《ぶしん》が命じられている。

「つまり、そやつらを普請に使おうというのじゃな」

水野の言葉に、

「ご明察の通りでござります」

鳥居は頭を下げた。

「よかろう。但《ただ》し、無宿人どもが乱暴狼藉《らんぼうろうぜき》を繰り返すのは許さぬぞ」

しっかりと水野は釘を刺した。

「抜かりないようにしたいと存じます」

鳥居は突き出た額を光らせた。

「そなたは勘定奉行でもある。公儀の台所をしっかりと富《と》ませよ」

水野は命じた。

四

三日後、弥生四日の昼下がり、闇御庭番の一人、真中正助《まなかしょうすけ》は芝神明宮近く、三島町《みしまちょう》に軒を連ねる本屋へとやってきた。

二十七歳、目元涼《すず》やかな中々の男前である。浪人の身ながら、神田にある関口流宮田《せきぐちりゅうみやた》喜重郎《きじゅうろう》道場で師範代《しはんだい》を務めている。関口流は居合《いあ》いの流派だが、血を見ることが苦手とあって得意技は峰《みね》打ちという少々変わり者、実直を絵に描いたような男でもあった。

花冷えとはよく言ったもので、曇り空が広がり、冷たい風が吹きすさんでいる。桜がしぼむのではないかと、花見を急ぐ者の声がそこかしこで聞かれた。

本屋を覗くのは、学問をしようという高邁《こうまい》な気持ちからではない。草双紙《くさぞうし》の面白そうなものはないのかと思ってのことだ。特に目当てとしている曲亭馬琴《きょくていばきん》の『南総里見八犬伝《なんそうさとみはっけんでん》』は大人気で、日頃真中が訪れる神田界隈《かいわい》の本屋では手に入らない。三島町は数多の本屋が軒を連ねているため、見つかるかもしれないと期待していた。

このところ、水野の改革を風刺《ふうし》した錦絵《にしきえ》が出回っている。特に評判なのが、歌川国芳《うたがわくによし》作の、「源《みなもとの》頼光《よりみつ》公館《こうかん》土蜘《つちぐも》作《さく》妖怪《ようかい》図《ず》」である。酒呑童子《しゅてんどうじ》退治で有名な源頼光が病床《びょうしょう》で頼光配下の四天王と囲碁《いご》を打ち、背後で暗闇の中、妖怪たちが東西に分かれて合戦《かっせん》をしている。このおどろおどろしい絵が評判を呼んでいるのは、将軍家慶や水野忠邦を頼光と四天王になぞらえ、厳しい奢侈禁止令に苦しむ庶民を妖怪に見立てて改革を風刺していると受け止められているからだ。

もちろん、鳥居の南町奉行所が見過ごすはずはなく、国芳には描くことを禁じ、錦絵を置かないよう本屋、読売屋《よみうりや》には触れを出している。それでも、目の届かない所では、「源頼光公館土蜘作妖怪図」に限らず、改革の風刺画が出回り、庶民は買い求めてせめてもの溜飲《りゅういん》を下げている。

お上の目を憚《はばか》ってか、覗いた店には風刺画の類《たぐい》は置かれていない。草双紙はあるが、それよりも四書五経《ししょごきょう》や『万葉集《まんようしゅう》』、『古今和歌集《こきんわかしゅう》』などが目立つ。

「お侍さま、本居宣長《もとおりのりなが》先生の『古事記伝《こじきでん》』全四十四巻が揃《そろ》っております」

手代が声をかけてきた。

「あ、いや、それはいらぬな」

真中は首を左右に振った。本居宣長が『古事記』をわかりやすく解説した『古事記伝』は、天武《てんむ》天皇が編纂《へんさん》を命じた日本国の正史『日本書紀《にほんしょき》』に比べて評価が低く、埋もれてきた『古事記』に脚光を浴びせ、『古事記』が優れた歴史書であると再評価させた名著である。学問好きには必読の書であり、尊王心を呼び起こすものでもあった。

それは知っているが、真中には興味がない。

「では、頼山陽《らいさんよう》先生の、『日本外史《にほんがいし》』はいかがですか。今、お武家さまには大変な評判でございます」

頼山陽の『日本外史』は源平《げんぺい》から徳川までの武家の盛衰《せいすい》を漢文体で記した史書《ししょ》である。国の編纂ではなく頼山陽という在野《ざいや》の学者が著《あらわ》したため外史と称している。

特に評判なのが巻十一の『足利氏後記　武田《たけだ》氏上杉《うえすぎ》氏』で記された川中島《かわなかじま》の合戦と、巻十四の『徳川氏前記　織田氏下』における本能寺《ほんのうじ》の変である。前者では上杉謙信《けんしん》が武田勢の裏をかき、先制攻撃をかけるべく千曲川《ちくまがわ》を渡る場面、「鞭声粛々《べんせいしゆくしゆく》夜河を渡る」が人口に膾炙《かいしや》している。

後者では明智光秀《あけちみつひで》が織田信長への謀反《むほん》を宣言する、「敵は本能寺にあり」が興奮を以《もつ》て語られる。

真中とて、『日本外史』の評判は耳にしているのだが、何しろ全二十二巻、漢文で貫かれた書物とあって、気晴らしにはならないのだ。三島町の本屋に限らず、武士の間で日本の歴史への関心の高まりを物語る書物が並べられている。

日本近海を西洋の国が侵《おか》し、海防が叫ばれる中、日本の歴史を学び直そうという風潮《ふうちょう》になっているようだ。

一般庶民は言うに及ばず、武士でも容易《ようい》には読むことのできない、水戸徳川家編纂の『大日本史』は天皇を尊《とうと》ぶ尊王思想に裏打ちされ、後醍醐《ごだいご》天皇を始めとする南朝《なんちょう》の天皇を正統とし、後醍醐天皇に殉《じゅん》じた楠木正成《くすのきまさしげ》を忠臣《ちゅうしん》と称えている。『大日本史』の尊王思想はいつしか水戸学と称され、お蔭参りの気運の高まりと共に数多の武士に影響を及ぼしていた。

正直、真中には関わりのない世界としか思えない。

「いや、それも不要だ」

真中が断ると、お節介にも手代は、「では」と次のお薦《すす》め書物を探し始めた。有難迷惑《ありがためいわく》とはこのことだと真中は店を出ようとした。

ところが踵《きびす》を返したところで入ってきた武士とぶつかりそうになった。幸い、咄嗟《とっさ》に身をかわすことができ、

「失礼致しました」

と詫びた。

相手も丁寧な口調でこちらこそ失礼致したと一礼した。身に着けている小袖、羽織、袴

は地味ながらきちっと糊《のり》づけがなされ、寸分の乱れもない。面長《おもなが》の顔は知性と品性を感じさせた。

すると、帳場机《ちょうばづくえ》に座っていた主人が立ち上がり、

「藤田さま、ようこそおいでくださいました」

と、平身低頭《へいしんていとう》で挨拶をした。

手代たちも賓客《ひんきゃく》に対するように一斉にお辞儀をした。自分とのあまりに違う応対に真中は不満よりも藤田という武士への劣等感を抱いた。おそらく藤田は上客《じょうきゃく》、ということは、難しい学術書をすらすらと読みこなせるに違いない。

藤田は店に上がり、主人と何やらやり取りを始めた。漏れ聞く言葉の中には古の唐土の書物らしき書名があるが、真中には不明だ。

草双紙を求める自分が恥ずかしくなった。適当に店内の書物を探すふりをして店を後にした。

取り立ててやることはなく、芝の神明宮に参拝しようと立ち寄った。神明宮は天照大神と豊受大御神《とようけのおおみかみ》という伊勢神宮の内宮、外宮の祭神を祀っているため、関東のお伊勢さまと称されている。お伊勢参りが叶わない庶民は芝神明宮に参拝するのが習わしだ。

参道には数多の出店が立ち並んでいる。茶屋、楊弓場《ようきゅうば》、化粧品屋《けわいひんや》、料理屋や軽業《かるわざ》、手妻《てづま》といった大道芸の舞台、見世物小屋、更には岡場所《おかばしょ》や男娼を置いた陰間《かげま》茶屋も軒を連ねている。

奢侈禁止令の取り締まりで人出は激減していたが、お蔭参りの噂で伊勢信仰が盛り上がり、大勢の男女が境内に押し寄せていた。

真中も参拝をして境内を散策した。すると、本屋で会った藤田が鳥居を潜ってきた。何となく気になってしまった。声をかけるのは遠慮したが、遠目に藤田の行動を目で追った。すると、参拝客の中に藤田に近づく者がいる。いずれも侍である。藤田の朋輩《ほうばい》であろうかと思ったが、それにしては動きが怪しい。周囲を憚り、藤田の視線に入らないようにしていた。

藤田が狙われている、と気づいた瞬間、一人の侍が藤田の背後から何事か囁いた。藤田は振り返ろうとしたが、左右から侍二人に挟まれ動きを封じられた。これに、前方から二人が加わり、雑踏を縫うようにして藤田は境内から連れ去られた。

変事が出来《しゅったい》したことを物語っていた。

真中も雑踏の隙間《すきま》を見つけ、見失わないように男たちの後を追った。

男たちは、賑《にぎ》わう参道を避け、神明宮の裏手に向かった。人気《ひとけ》のないところを探しているようだ。

果たして、雑木林《ぞうきばやし》に至った。

五人は人の行き来がないことを見計らい、刀を抜いた。

藤田は唇を噛み、五人を宥《なだ》めにかかった。

「しゃらくせえ！」

一人が叫び立てるや刀で斬りかかった。

咄嗟に真中は石を拾い、投げつけた。

男の手に当たり、刀がぽとりと落ちる。

間髪《かんはつ》を容《い》れず真中は抜刀し、敵に斬りかかった。想定外の真中の出現に五人は浮足立った。それでも刀を抜き、応戦する。

真中は敵と斬り結んだ。

刃がぶつかり合う音が響き渡る。

が、真中は微塵《みじん》も恐怖心が湧き上がらない。相手は腰が定まっておらず、構えもなっていなかった。「しゃらくせえ！」という怒声《どせい》と相まって、こいつらは武士ではあるまい。侍の格好をしたやくざ者であろう。

真中は躊躇《ためら》わず、踏み込むと大刀で二人の太刀先を撥ね上げた。刀二振りが宙を舞い、雑木林に落下した。

「ひえい！」

と、一人が悲鳴を上げ、そそくさと逃げていった。残り四人も算《さん》を乱し立ち去った。

「かたじけない」

藤田は深々と頭を下げた。

「よからぬ者ども……武士ではなかったようです。やくざ者でしょう。としましたら、物盗り目的かと思われますが、神明宮の境内から貴殿《きでん》を連れ去ったのを見ると、貴殿の命を狙ったのかもしれませぬ」

真中が考えを述べ立てると、

「いかにも」

藤田は自分を襲った敵に心当たりがあるようだ。

「拙者、相州《そうしゅう》浪人真中正助と申します」

真中は自分が名乗ることにより、相手の素性を確かめようと思った。命の恩人に名乗らぬことはあるまい。

果たして藤田は背筋をぴんと伸ばして答えた。

「拙者、水戸徳川家の藤田虎之助と申します」

驚きと共に真中は藤田を見返した。

藤田虎之助といえば、水戸家当主、中納言徳川斉昭の側用人、水戸家きっての俊英《しゅんえい》と評判の男である。通称の虎之助より、東湖《とうこ》という雅号《がごう》が有名だ。なるほど、藤田東湖であれば難解な学術書を買い求めるはずである。それはそれとして、藤田が何故《なぜ》命を狙われたのか余計に気にかかった。

「藤田さま、わたし如き浪人者が気にするようなことではないのですが、お命を狙われたかもしれぬ事情、お聞かせ願えませぬか」

真中は辞を低くして問いかけた。

「命を助けてもらった貴殿にぞんざいな応対では申し訳ござらぬな」

藤田は茶でも飲みましょうと、誘ってくれた。

第二章　人探し

一

二人は神明宮参道にある茶店に入った。

茶と神明宮名物の太々餅を頼んだ。太々餅の餡子の甘味が刃傷沙汰《にんじょうざた》ですさんだ気持ちを和ませてくれた。

一息ついたところで藤田は真中に向いた。

「あの者ども、大いなる誤解をしておるのだ」

藤田は言った。

「それはどのような」

真中は首を傾げた。

「わが水戸家が将軍家の日光社参を妨害しておるというのだ。そして、拙者がその首謀者だと評判されておる。それを信じる者がやくざ者を使って、拙者の命を奪おうとしたのかもしれませぬな」

淡々と藤田は述べ立てた。

「なんと……何故、そのような妄言《もうげん》が流れておるのですか」

真中は目を凝らした。

「水戸家の家風である尊王ということであるな。それが、今回の将軍家日光社参を妨害するお蔭参りに繋がっておるというのだ。お蔭参り騒動の黒幕は水戸家というわけだな」

藤田は悔しそうに唇を噛んだ。

意外な言葉に真中は口を閉ざした。

藤田は続ける。

「水戸家は二代当主光圀公以来、都《みやこ》の天子さまを敬う家柄である。しかしながら、将軍家を蔑む気持ちなどは微塵もござらぬ。今、オロシャ、エゲレスなど異国の船が日本の近海を侵す中、将軍家を中心に我ら武士が一体となって海防に尽くすべき時である。天子さまの国を守り、天子さまの御心を安んじたまうのが武士の務めでござる。将軍家の権威を高めるための日光社参を水戸家が妨害するはずがござらぬ」

語る内に藤田の口調は熱を帯びた。

気圧《けお》され真中は目を見張る。

「征夷《せいい》大将軍とは何ぞや」

不意に藤田は問いかけてきた。真中が答えを探す間に藤田は自らが答えた。

「征夷大将軍とは夷敵《いてき》を成敗《せいばい》する大将である。まさしく、今こそ征夷大将軍がエゲレス、オロシャという夷敵を討ち、日本を、天子さまを、守る時なのだ」

どうだと藤田は真中を見た。

「御意にござる」

真中の胸にも熱いものがこみ上げてきた。

「異を申すか」

藤田に問われ、

「異存ござりませぬ」

真中は即答した。

「貴殿、中々素直でよろしい。それに、剣の腕は相当なもの。加えて、貴殿には浪人特有のうらぶれた様がなく、品性が感じられる」

落ち着いて藤田は真中を評した。

「いや、それは買い被りと申すもの」

天下の名士藤田東湖に賞賛され、真中は赤面した。

「拙者、いささか人を見る目には自信がある」

藤田は言い添えた。

真中は藤田の心の内を探った。命を助けた恩人への感謝を超えた真中への期待が藤田には感じられる。

一体、藤田は何を求めているのだろう。真中は思わず、身構えた。

「貴殿を水戸家に推挙《すいきょ》しようと思うが、いかに」

水戸家への仕官《しかん》を断る浪人はいないだろうと藤田の顔には書いてある。傲慢《ごうまん》とは思わないが、やくざ者を追い払ったくらいで素性不確かな浪人を水戸家に仕官させるとは、何か裏があるような気がする。浪人暮らしが長くなったせいでひがみ根性が身に着いてしまったのかもしれないが……。

返事をしない真中に藤田は頬を綻《ほころ》ばせて話を続けた。

「唐突《とうとつ》な申し出に戸惑《とまど》っておられよう。当家に仕官するかどうかはともかく、その前に役目を担《にな》ってはくれぬか。むろん、謝礼は致す。貴殿の腕を買ってのことだ」

その役目を通じ、水戸家に奉公したくなったら、推挙しようということらしい。

「どのようなお役目ですか」

真中が興味を示したことに藤田は機嫌をよくし、

「飛鳥小路卿《あすかこうじきょう》……中納言飛鳥小路政智《まさとも》さまの警護をお願いしたい」

「公家の警護ですか」

意外な役目に真中は戸惑った。

公家には家格があり、摂政《せつしょう》、関白《かんぱく》に成ることができる近衛《このえ》、鷹司《たかつかさ》、一条《いちじょう》、二条《にじょう》、九条《くじょう》のいわゆる五摂家《ごせっけ》を最上位に清華家《せいがけ》、大臣家《だいじんけ》、羽林家《うりんけ》、名家《めいか》、半家《はんけ》の順に明確に分けられている。また、家柄とは別に代々受け継いできた家業がある。茶道、華道、琵琶《びわ》、和歌、書道等々、各々の公家は幕府から支給される家禄とは別に家業による収入で暮らしを立てていた。

飛鳥小路家は大臣家に属し、当主の極官《きょっかん》は大納言《だいなごん》だそうだ。朝廷の儀礼、法令、行事、制度、官職、習慣に深い知識と造詣《ぞうけい》を持つ有職故実《ゆうそくこじつ》の研究を家業としている。有職故実に加え、日本の歴史にも深い知識を継承し、また史料を有していた。当代の政智は二十五歳という若さながら、碩学《せきがく》ぶりは御所でも高い評価を受け、水戸斉昭は『大日本史』編纂の手助けのため、都から招《まね》いているのだ。

「飛鳥小路中納言さま、若さゆえか江戸の市中散策に熱心だ。市井《しせい》に混じり、江戸の風物を楽しみたいと望んでおられる。とは申せ、一人歩きはさせられぬ。水戸家から警護を兼ねた案内人を立てようとしたが、中納言さまは拒絶なさったのだ」

水戸家の者では監視されているようで拒否したのだそうだ。

「真中どの、貴殿なら腕は確か。人柄も間違いはない。神明宮で巡り合ったのは天照大神さまのお引き合わせだ」

藤田は言い立てた。

都の公家の警護と、水戸斉昭が『大日本史』編纂に助力を求めた程の俊英への興味が湧いてきた。

「承知しました。お引き受け致します」

真中が受け入れると藤田は満面の笑みとなった。

二

根津権現近くの武家屋敷が立ち並ぶ一角に外記の娘、お勢が住んでいる。

元々は外記の屋敷であった。外記は闇御庭番となる前、表向き青山重蔵という御家人を名乗り住んでいた。周囲には二百坪程の敷地に冠木門を構えた屋敷が軒を連ねているあって、目立たないが、他の屋敷にはない常磐津の指南所がある。

指南するのは他ならぬお勢である。

地味な弁慶縞《べんけいじま》の小袖に黒地の帯、島田髷《しまだまげ》に結った髪を飾るのは朱の玉簪だけで、化粧気もない。それでも、常磐津の師匠を生業《なりわい》とし、辰巳《たつみ》芸者であった母、お志摩《しま》の血がそうさせるのか、きびきびとした所作《しょさ》の中に匂い立つような色気を放っている。はっきりと整いすぎた目鼻立ちが勝気な性格を窺《うかが》わせもした。

お勢は十歳まで深川《ふかがわ》にあった母の家で育った。十歳の時、お志摩は病で死に、外記に引き取られる。以後は武家屋敷で暮らしたため、武家言葉と町人言葉が入り混じっている。

「寒《かん》の戻りだね。せっかく咲いた桜が可哀そうだわ」

お勢は庭の一本桜を見上げた。

曇天《どんてん》の下、薄紅色の花弁が霞んでいる。

そこへ、

「姐《ねえ》さん、鯉《こい》のいいのが入りましたよ」

威勢《いせい》のいい声と共に棒手振《ぼてふ》りが入ってきた。闇御庭番の一人、義助《ぎすけ》である。紺《こん》の腹掛けに半纏《はんてん》、股引《ももひき》といった魚売りの格好で天秤棒《てんびんぼう》を担《かつ》いでいる。

お勢の近くまで駆け寄ると義助は肩から天秤棒を下ろし、盥《たらい》を見せた。

「まあ、こりゃ立派な鯉だこと」

大振りの鯉を見てお勢は両手を打った。

この時代、鯉は滋養《じよう》があり、上魚《じょうぎょ》に区分されて将軍の食膳《しょくぜん》にも供《きょう》される。

「でしょう。滅多《めった》に手に入らない上物ですよ。早速《さっそく》、洗いにしますんでね」

誇らしそうに言うと、義助は天秤棒を担ぎ母屋の勝手口に回った。


しばらくして、お勢は台所に入った。

義助が俎板《まないた》に鯉を載せていた。

「悪いわね、頼むわ。鯉なんて久しぶりよ」

お勢はお礼にと、神田明神下の菓子屋布袋屋で買った栗饅頭を持ってきた。

「すみませんね」

義助は饅頭を見た。

「布袋屋の栗饅頭といやあ、公方さまの日光参拝にも持参されるって評判だよ」

お勢は栗饅頭について話した。

「そいつはありがてえや。魚、さばくのが終わったら、食べますよ」

声を弾ませ、義助は包丁を持った。俎板の上の鯉に向かう。大振りの鯉はさばき甲斐《がい》があった。

「美味《おい》しく食べるからな、成仏しなよ」

声をかけながら義助は鯉の頭を切り、料理していった。これほどの鯉を手に入れたのはしばらくぶりである。魚屋冥利《みょうり》に尽きる。

鼻歌混じりに切り身にしてゆく。

身を切り裂き、腸《はらわた》を取り除き、一口で食べられる大きさに身を切ってゆく。切った身はお湯に晒《さら》した後、井戸から汲みたての冷たい水で〆《しめ》た。

出来上がった、と安堵《あんど》して栗饅頭を食べようと振り返った。

が、

「あれ……」

小皿に盛ってあった栗饅頭がない。義助は見回した。野良猫の仕業かと疑ったが、それなら鳴き声が聞こえる。それに栗饅頭は五つあったのである。猫が五つも盗んでゆくはずがない。

「盗人《ぬすっと》め」

高々《たかだか》、饅頭ではあるが許せない。

鯉を料理した褒美である。

盗まれたら尚《なお》のこと食べたくなるものだ。もう遅いかもしれないが、盗人を捕まえようと台所から出ようとした。

すると、へっついの陰で何かが蠢《うごめ》いた。

さては盗人か。

義助は素知らぬ顔でへっついの脇を通り、出入口に向かうふりをした。

横目に人影が映る。

やおら義助は踵を返すとへっついの脇に取って返した。

「この盗人！」

大声で義助は威嚇《いかく》した。

驚いた人影が飛び上がった。

「……なんだ、餓鬼《がき》か」

小さな男の子である。栗饅頭を口に咥《くわ》え、残りを懐に突っ込んでいた。おかっぱ頭、顔は泥や埃にまみれている。膝丈の着物も薄汚れ、ぼろぼろであった。一目見て、男の子の困窮《こんきゅう》ぶりがわかり、義助の怒りは萎《しぼ》んだ。

「人の物を盗んだらいけないんだぞ。食べたかったら、お願いしたらいいんだ」

優しく義助は声をかけた。

男の子は黙って義助を見返している。

「怒らないよ。ただな、下さいって断りを入れるんだ。おっとうやおっかあが知ったら、怒られるぞ」

両親を持ち出して諭《さと》したものの、この子の家は満足に食べさせることもできないのではないか、親から食事を与えられないから盗みを働いているのではないかという気がした。

そこへ、お勢がやってきた。義助と子供を見て、

「どうしたんだい」

「この餓鬼、栗饅頭を盗もうとしたんでさあ」

答えたものの、義助も罪悪感《ざいあくかん》を抱いた。

「駄目だよ、人さまの物に手をつけちゃあ」

お勢も貧しさを物語る子供の様子に口調が鈍った。男の子はお勢を睨《にら》み上げるばかりだ。

「坊主、何処に住んでいるんだい……この近所かい……怒りはしないぜ。饅頭なら持って帰ったらいいさ」

義助が語りかけたところで、

「おっかあが……」

と、呟いた。

「おっかさんがどうしたの」

男の子の前にお勢は屈《かが》み込んで問いかけた。

「神社にいるんだあ……死んじゃうかもしんねえ」

男の子の口調には上野《こうずけ》か下野《しもつけ》の訛《なま》りが感じられる。が、そんなことより、母親の様子が気になる。義助はお勢を見た。お勢も同じ気持ちのようで、

「神社って根津権現さんだね」

と、問いかけた。男の子は神社の名前は知らないようだが、近くの大きな神社だと答えた。

「坊主、案内してくれ」

義助は少年を促した。お勢も一緒に行くと立ち上がった。


根津権現の植込みの傍らで女が蹲《うずくま》っていた。根津権現名物の躑躅《つつじ》の植込みで、時節になると大勢の参詣客が訪れるが、今は桜の名所であるのとお蔭参りの噂で芝神明宮を訪れる者が多いせいか、ひっそりとしている。

「大丈夫ですか」

お勢が声をかけた。

女が振り向いた。

血の気《け》がなく、両目が落ち窪《くぼ》んでいる。少年同様、着物は泥と埃にまみれていた。お勢

は女の額に手をやった。

「すごい熱だね」

お勢は義助に語りかけた。

そこで女は、「大丈夫です」と弱々しい声を発して腰を上げようとした。が、大きくよろめいた。咄嗟にお勢が抱き止め、

「義助さん、うちまで連れてゆくよ」

「合点《がってん》でえ！」

義助が女をおぶい、お勢が男の子の手を引いて屋敷に戻ると、母屋の寝間に入った。

「義助さん、お医者を呼んできておくれな」

「合点でえ！」

義助はお勢の屋敷を飛び出した。


明くる五日の昼、義助はお勢の屋敷にやってきた。

「坊主とおふくろさん、どうしました」

玄関で義助が聞くと、

「おっかさんは熱は下がって、滋養《じよう》のある物を食べて二、三日寝ていれば平癒するって、

お医者が言ってた。義助が料理してくれた鯉の洗いと鯉こくを食べてもらうわ」

お勢は安堵の表情を浮かべた。

義助もよかったと応じてから母子の素性を聞いた。

「それがね、下野の壬生村《みぶむら》から来たんだってさ」

男の子は名前を正太《しようた》といい九つだそうだ。母親は二十九でお民《たみ》という名前だそうだ。母と子が江戸までやってきたのだ。

「おとっつあんを探しに来たそうだよ」

正太の父、寛太《かんた》は昨年の師走《しわす》に壬生村を出た。壬生村では菓子屋を営《いとな》んでいたが、不景気に加え店が火事になったのをきっかけに、江戸に職を求めて壬生を出たのだそうだ。江戸で問題になっている無宿人の一人というわけだ。

寛太からは正月に便《たよ》りがきただけで、音信が途絶《とだ》えている。父親会いたさで正太は村を飛び出した。お民は正太がいなくなり、寛太に会うために江戸に向かったのだと考え、夢中で追いかけた。

幸い、下総《しもうさ》の古河《こが》宿《じゆく》で正太を見つけ、連れ帰ろうとしたが、正太の父親に会いたい気持ちに引かれお民自身も亭主の無事を確かめたくなり、道中を続けた。

旅支度をせず着の身着のまま、施しを受けて何とか江戸に辿《たど》り着いた。食べ物にありつけたのは一日だけ、加えて野宿が祟ってお民は熱を出してしまった。正太は腹をすかし、お勢の屋敷に忍び込み、お民にも食べさせようと目についた栗饅頭に手を出してしまったのだった。

お民と正太の道中記を聞き終えたところで正太がやってきた。

きれいな着物に着替えている。お勢の配慮だろう。併《あわ》せて、お勢は正太の身体をお湯で拭いてやったそうだ。泥と埃が洗い落とされた顔は、九つの少年らしい愛らしさに溢れていた。つぶらな瞳をきらきらと輝かせ、義助に栗饅頭を盗んだことを詫びた。

義助は笑顔で応じ、

「おっとうを探しに来たんだって。江戸は広いのに、何だってこの屋敷に忍び込んだんだい」

と、正太の頭を撫でた。

正月の寛太の便りに、根津権現近くの御屋敷に奉公していると記してあったのだそうだ。

武家屋敷なのか大店の商人の家なのかはわからないようだ。

「武家屋敷とすると、渡《わた》り中間《ちゅうげん》にでもなったんですかね」

義助はお勢に言った。

「そうかもしれないわね……」

お勢は思案を巡らすように首を傾げた。

「おっとうに会いてえ」

正太は呟いた。

咄嗟に、

「わかったよ。お兄ちゃんがな、おっとうに会わせてやるよ」

と、義助は請け合ってしまった。

お勢が安請け合いを非難する目を向けてきたが、

「ほんとっ！　お兄ちゃん、ありがとう」

声を弾ませた正太を見ると口を閉ざした。

義助は魚売りの出入り先探しという名目で根津界隈の屋敷を当たるとお勢に告げた。お勢はうなずき、正太が父親に会えるまで、お民と一緒に預かることにした。

三

三日経った八日の昼下がり、お勢の屋敷に外記がやってきた。春らしい霞がかった空が広がり、散りゆく桜を愛《め》でようと根津から上野界隈は大勢の人出であった。

今日の外記は、変装はせず、黒地木綿の小袖に袴という素の出で立《いた》ちである。総髪に結った髪には白いものが混じっているが、肌艶はよく、目元は穏やかさを湛《たた》えているが眼光は鋭い煌《きら》めきを放っていた。

母屋の居間でお勢は外記にお民と正太母子について語った。

父上、とお勢は外記を呼ぶ。お勢は若かりし頃の外記が深川の芸者、お志摩に産ませた。幼少の頃は菅沼家に入れるわけにはいかず、お志摩に育てられた。江戸の市井に育ったお勢は、母親譲り、辰巳芸者のきっぷのよさを身に着け、歯に衣《きぬ》着せぬ物言いをする。お志摩のことは「おっかさん」と呼んでいたが、外記のことは武家を慮《おもんぱか》って、「父上」と呼ぶのだ。

死んで何年になるだろうと外記はお勢の顔に亡き愛妾《あいしょう》の顔を重ねた。

「江戸に増えている無宿人のこと、他人事《ひとごと》じゃないわ。身近に感じる」

正太に同情しつつも、お勢は無宿人問題を憂えた。

「して、お民と正太は……」

外記は周囲を見回した。

お勢は冠木門近くの建屋を見た。

常磐津の指南所である。奢侈禁止令が発令される前は、大勢の入門者で賑わっていた。

今は閉じられ使われていない。

「母屋で寝泊まりして構わないって言ったんだけど、お民さんたら、物置で十分だなんて遠慮するもんだから、指南所を使ってもらうことにしたの。そしたら、お民さん、指南所の中をきれいに掃除してくれてね、何だかこっちが恐縮しちゃったわ。壬生村ではお菓子屋の女将《おかみ》さんだったそうだけど、店内は整理してきれいにしていたんだろうね……で、正太はね、義助さんについていったわ。義助さんは自分に任せろ、壬生の寛太ってことさえわかっていれば探し出せるって、正太を宥めたんだけどね、どうしても一緒に行くってきかなくて」

父親を慕《した》う正太の気持ちを無視できず、義助は連れていったのだった。

「わざわざ江戸まで旅をしてきたのだ。好きにさせたらいい。義助がついていれば大丈夫だろう」

外記の言葉にお勢も首肯し、

「早く見つかるといいんだけどねえ……だけど、会えたとしても、親父さんと一緒に壬生に帰ることができるかしらね」

と、気を揉んだ。

幕府は無宿人が国許へ帰還するよう触れを出しているが、彼らは国許で食い詰めたから江戸に流れてきたのだ。寛太だって遊興《ゆうきょう》目的でやってきたのなら壬生に帰れようが、銭金を稼ぐために江戸に来たからにはおいそれと国許に戻れないだろう。

「国許へ帰る一件は、正太が父親と会ってから算段するとしよう」

外記の言葉にうなずき、お勢はそうねと受け入れ、

「そうだ、根津権現さんの参道にね、評判のお蕎麦屋さんがあるのよ」

と、外記を誘った。

よし行こうと外記は即断した。


外記とお勢は根津権現参道にできた蕎麦屋に入った。蕎麦屋の看板を掲げているが、うどんが美味いと評判だそうだ。そのうどんは伊勢うどんであった。

「父上、まあ、食べてみて」

お勢に勧められたがうどんは苦手である。うどんは、蕎麦のように咽喉越しを味わうことができない。外記はさっと蕎麦を手繰《たぐ》り、蒸籠《せいろ》を積み上げるのを楽しみとしている。蕎麦好きの江戸っ子は自分の背丈《せたけ》と同じくらい蒸籠を重ねるのが自慢だ。もっとも、背丈と言っても身長ではなく、座った状態での丈、すなわち上半身程である。

五尺（約百五十二センチ）そこそこ、男にしては短軀《たんく》ながら健啖家《けんたんか》の外記はもちろん蕎

麦を食べる際には背丈まで蒸籠を積み重ねる。しかし、うどんではそうはいかない。蒸籠に盛りつけられていないで、丼《どんぶり》の汁に浸《ひた》してある。

「伊勢うどんだからね、父上もきっと美味しく食べられるわよ」

もっともらしい顔でお勢は言った。お勢によると、汁のある上方風《かみがたふう》のうどんではないそうだ。一本が太いうどんで、汁ではなくたまり醬油に浸してあり、刻《きざ》み葱《ねぎ》がかかっているという。伊勢の名物だとお勢は自慢した。

昼のかき入れ時となると、店の前に行列ができるそうだ。今は八つ半（午後三時）という混雑が避けられる頃合いとあって、店内の客はまばらであった。

入れ込みの座敷に上がり、お勢はうどんを頼んだ。

「まあ、騙《だま》されたと思って食べてよ」

お勢が言った。

「騙されたくはないがな」

口の中でぶつぶつと呟きながら、そこまで勧めるのなら、と外記はうどんを待った。座敷には数人の男たちがいる。黒紋付《くろもんつき》に枯《か》れっ葉《ぱ》のようなよれよれの袴姿、それに耳に入るやり取りから、伊勢神宮の御師たちだとわかった。江戸で伊勢うどんが食べられるとあってこの店に足を運んでいるのだろう。

「お札が降るっていつだろうね」

御師たちを横目にお勢は言った。

「おまえもお蔭参りがしたいのか」

外記はおかしそうに笑った。

「面白そうじゃない。だって、江戸は奢侈禁止令の取り締まりで息が詰まるんだもの……お伊勢さままで旅をして、ついでに上方まで足を延ばして、京の都に南都《なんと》、それから大坂を見物して……思いを巡らすだけでも楽しそうだわ」

「おいおい、お参りだぞ、物見遊山ではないぞ……いや、そうでもないな。お伊勢参りの楽しみは旅にあるのだからな」

「上方まで旅をするのはともかく、お蔭参りで伊勢に行くのなら、女の一人旅でも無事なんじゃないの」

「一人でお伊勢参りをするつもりか。それなら、真中と一緒に行ったらどうだ」

冗談とも本気ともつかない顔で外記は勧めた。男子のいない外記は真中正助をお勢の婿《むこ》養子にと考えている。婿養子になると同時に、菅沼流気送術を受け継いでもらいたい。生《き》真面目《まじめ》な真中は気送術習得には精進《しょうじん》しているが、お勢の気持ちを自分に向かせることには臆《おく》している。

男勝りのお勢の目には、真中の礼儀正しく誠実な態度が優柔不断《ゆうじゅうふだん》に映ってしまい、好意は抱いているが踏み込んだ仲にはなれないでいた。

お勢は肩をすくめ、

「真中さんねえ……用心棒にはよさそうだけど、一緒に旅をして楽しいかしらね」

と、返したところへ伊勢うどんが運ばれてきた。真っ黒な醤油に浸された白くて太いうどんである。

「これでは、啜《すす》れないのでは」

当惑し、蕎麦を食べられない不満も抱いて外記は文句をつけた。

「普通のうどんみたいにね、啜るんじゃないのよ。箸《はし》でこうやってね」

お勢は箸でうどんを切り、手ごろな寸法に刻みながら食べるのだと説明を加えた。この店のうどんは格別に太いため、そんな変わった食べ方をし、またその珍しさゆえに評判を呼んでいるのだそうだ。

「ふん、うどんと言うより小麦粉の塊《かたまり》ではないか。腰《こし》なんぞありそうにないな。蕎麦もうどんも腰が肝心だ。武芸も腰が入っておらん奴は上達せん」

文句と小言を並べながら外記は箸で口に入る寸法にうどんを切り、口に運んだ。まずいに決まっている、お勢に毒づいてやろうと咀嚼《そしゃく》する。

「うむ…」

予想外の味わいに外記は眉根《まゆね》を寄せた。

濃厚な醬油と葱の風味が口中一杯に広がり、まるで腰のない柔らかなうどんにぴったりと合っている。

「美味《うま》いのう」

思わず外記の口から賞賛と笑みが漏れた。どんなもんだとお勢はにんまりとして、

「そうでしょう。食わず嫌いはよくないのよ。これ、お酒の肴にもなるって評判なの。父上は下戸《げこ》だからそれは楽しめないでしょうけど」

「確かに酒にも合いそうだな」

下戸ながら外記も認めた。

「勿体《もったい》ないわね。お酒が飲めないって、一生の半分は損しているわ」

お勢の言葉にうなずきながらも、一生の半分とはどういう根拠だと外記は内心で疑念と不満を抱いた。

お勢は無言となってうどんを食べ始めた。

すると、引き戸が慌ただしく開いた。みすぼらしい格好をした男が三人、血相を変えて入ってきた。一人が出刃包丁を手にしている。

「金を出せ！」

包丁を持った男が叫び立てた。

御師たちが浮足立つ。奥から店の主人が出てきた。

「金を寄越せ」

包丁を振り回し男は主人を脅《おど》しにかかった。

「あ、いや……」

主人は言葉が出てこない。

お勢が立ち上がろうとした。それを外記は目で戒《いまし》めると、

「帰れ！」

と、甲走《かんぱし》った声を発した。

「金を出したら、帰るぜ」

ふてぶてしい態度で男が外記を見返す。

すると、

「やめるのや」

と、御師の中から年配の男が声を上げた。

立ち上がったのはいいが、杖に寄りかかり、腰の曲がったよぼよぼの老人である。総髪

の髪は真っ白、首から結袈裟を提げ、白衣の鈴懸を重ねて袴を穿いている。一見して修験者だが、袴は目にも鮮やかな紫色で、それが老人に威厳を与えていた。腰が曲がっているため小柄だが、背筋が伸びたなら長身ではないが、中背くらいではありそうだ。

それでも、貧弱な年寄りとあって男たちは相手にせず、

「早く金を出せよ！」

と、主人に怒声を浴びせた。

「人に頼む態度ではないな」

老人は包丁を持つ男の前に立った。杖を頼りによろめきながらの歩行とあって、男は薄笑いを浮かべ老人を脅しにかかった。包丁を振り回し、老人に迫る。

老人は動じず、さっと腰を落とした。よぼよぼの老体には不似合いな迅速な動きだ。しかも、腰が定まっている。

伊勢うどんとは大違いだと、外記は余計なことを思った。そんな余裕をもって見ていられるくらい老人には危うさがない。たった一つの動きで老人が只ならぬ武芸者であると外記は確信したのだ。

包丁を向ける相手と仲間を老人は鋭い目で睨みつけ、

「不動金縛りの術！」

年寄りとは思えない凜《りん》とした声を張り上げると、杖で土間を叩いた。

男たちの動きが止まった。

包丁を振り上げたまま微動《びどう》だにしない。目ばかりが戸惑いと恐怖に染まってきょろきょろと動いている。仲間二人も土間に根を生やしたように動かなくなった。

老人は無抵抗の男の手から包丁を奪い取り、主人に渡した。主人は何事が起きたのか困惑しながらも老人が差し出す包丁を受け取った。

そこへ、町奉行所の同心《どうしん》と岡《おか》っ引《ぴき》が入ってきた。老人は杖でもう一度、地べたを叩いた。

同時に三人が弾かれたように動き始めた。夢から覚めたようにお互いの顔を見合わせた後、茫然《ぼうぜん》と立ち尽くす。

同心と岡っ引が、

「神妙にしろ」

と、怒鳴りつけると三人を連れ去っていった。

主人が、

「近頃、物騒《ぶっそう》な連中が増えているんですよね」

と、誰にともなく言った。

無宿人が増えており、お上から江戸から出てゆくように触れが出て、町奉行所の取り締まりも厳しくなっていることから、彼らは定職《ていしょく》に就くことができず、あぶれているのだとか。食うに困って、物盗りや押し込みをやる者が後を絶たない。

御師たちが御馳走さまと出ていこうとした。それを外記が引き留め、

「卒爾《そつじ》ながら、珍しい術をお使いになりますな」

老人に声をかけた。

老人は外記を見返す。

「拙者、御家人青山重蔵と申します」

外記が名乗ると老人は無表情で、

「夢想斎《むそうさい》……わしは伊勢夢想斎じゃ」

しわがれているがしっかりとした口調で夢想斎は返した。

「先ほどの術は……」

再度の外記の問いかけに、

「不動金縛りの術じゃ」

素っ気《そけ》なく夢想斎は答えると、御師たちを伴い店から出ていった。店の主人によると夢想斎は御師を束《たば》ねているのだそうだ。

外記は夢想斎に興味を抱いた。

「父上、あの妙な術は何かしら」

お勢も気になったようだ。

「不動金縛りの術と申しておった。わしも耳にしたことがある。修験道の秘術だ。不動《ふどう》明王《みょうおう》の力によって悪を縛る術であるな」

教えながらも外記は、容易に習得できる術ではない、と伊勢夢想斎に対する好奇心と恐れが募《つの》った。

「お不動さんの力なんだ。へえ、そりゃ、大したものだね」

お勢は無邪気に感心した。

「恐ろしい術だな。あの術をかけられたら身動きがとれぬ。身動きできないとなれば、夢想斎の思うがままとなる」

外記は言った。

お勢は何度もうなずいてから、

「でも、父上の気送術が勝つんでしょう」

という問いかけに、「ああ、勝つぞ」と答えたものの、不安が湧き上がる。

脳裏《のうり》に夢想斎との対決を思い浮かべた。

外記の気送術、夢想斎の不動金縛りの術、お互いが同時にかけたとしたら……

いや、同時ということはあり得ない。

どちらか先に術をかけた方が勝利する。

恐るべき修験者、伊勢夢想斎は伊勢神宮のお札が降ると触れ回っている御師一団を束ねているようだ。不動金縛りの術もさることながら、夢想斎と御師たちの狙いも大いに気にかかる。

「厄介な男が現れたものだ」

嫌な予感に外記はとらわれながら座敷に戻った。箸が止まり、うどんを食べるのを忘れてしまった。

「どうしたの」

健啖家の外記の食欲不振をお勢は気遣った。

「あの者、気になる」

伊勢うどんを食べるのを止め、外記は夢想斎の後を追うことにした。

夢想斎を追い、外記は根津権現の裏手までやってきた。

竹林《ちくりん》の中に瀟洒《しょうしゃ》な屋敷があった。さほど敷地は広くはないが、檜造《ひのきづく》りの立派な平屋が建っている。手入れの行き届いた庭からして、家主は相当な分限者であろう。

外記は庭の植込みに潜んだ。檜の香が鼻孔《びこう》に忍び入る。夢想斎が母屋の縁側に座っている。風に吹かれながら遠くを見るような目をしていた。白髪が揺れ、鋭い眼光が春光に爛々《らんらん》とした輝きを放っていた。

やがて、男が入ってきた。恰幅のいい身体を着物に包んだ初老の男、頭がやかんのようだ。

「門左衛門、どうであるか」

前置きや挨拶もなく、夢想斎は問いかけた。

「順調ですよ」

門左衛門と呼ばれた男はやかんのような頭を手で撫でた。

「事を急《せ》くことはないが、家慶が日光へ出発するまでに手筈《てはず》を調《ととの》えたい」

夢想斎は将軍を呼び捨てにした。

村垣が心配していた家慶の日光社参を妨害すべく、お蔭参りを仕掛けているのはこの連中のようだ。

外記は息を詰めた。

「江戸は無宿人が増えておるせいか、ずいぶん不穏じゃな」

夢想斎はうれしそうに笑った。

対して、

「迷惑な話でございますよ」

門左衛門は嫌な顔をした。

「そうした連中も使いようだ」

余裕たっぷりに夢想斎は語りかけた。

「馬鹿と何とかは、使いようですかな」

門左衛門も頰を綻ばせた。

「まあ、それはよいとして。企てはくれぐれも漏れないようにな」

「心得ております」

緩めた頰を門左衛門は引き締めた。

外記はよく話を聞こうと身を動かした。すると、前日までの雨に濡れた下ばえに足が滑り、僅かに手が植込みに当たった。

抜かった、と己が不覚を呪った。

「誰じゃ！」

夢想斎が甲走った声を出した。

四

「誰かいるのかい」

今度は門左衛門が鋭い口調で問いかけてきた。もちろん返事などせず、外記は息を殺す。門左衛門は縁側で仁王立《におうだ》ちになった。すると、御師たちが庭に集まってくる。どうやら、ここは御師たちの巣窟《そうくつ》のようだ。

「お師匠さま」

一人が夢想斎に声をかけた。

夢想斎は庭を調べろと命じた。外記は左手の親指で刀の鯉口《こいぐち》を切ると、立ち上がり様に抜けるよう踏ん張った。

御師たちが庭を探そうとしたところで、

「旦那、こんにちは〜」

木戸から陽気な声がかかった。

外記はおやっとなった。

あの声は……

植込みの陰から声の方を見る。一八ともう一人、男が立っている。

「なんだ、あんたたちか」

門左衛門の声からは緊張が取り除かれたが、すぐに険《けん》のある目を一八が連れてきた男に向けるや怒声を発した。

「久蔵、出入り止めは解けてやしないんだぞ」

久蔵と呼ばれた男はうろたえた。

「まあ、旦那、そんなつれないことをおっしゃらないでくださいよ。久さんは芝のお店じゃ、商いの邪魔になるって、旦那が今日はこちらの寮にいらっしゃるってわかったんで、こうしてやってきたんですから」

一八が間に入る。

「おまえさんもしつこいねえ。それに随分と恩着せがましい物言いじゃないか」

門左衛門は一八にもきつい言い方をした。

門左衛門の私的ないさかいとわかり、夢想斎や御師たちはその場を去った。

「やつがれの言葉が気に障ったら勘弁ください。久さんがどうしたって旦那に謝りたいって、その気持ちを汲んで欲しいんですよ」

一八は頼み込む。

するど、

「旦那！」

必死に声を振り絞りながら久蔵は門左衛門に駆け寄ると、

「旦那、この通りです」

両手をつき、何度も頭《こうべ》を垂れた。

外記は知る由《よし》もないが、今日の久蔵は頭髪や頬の髭をきれいに剃《そ》り上げ、一八が貸した小袖を着ている。失礼があってはならないと、身ぎれいにしてきたのだ。

それでも門左衛門は嫌な顔をして、

「いくら、手をついたって無駄だよ。さっさと帰りな。顔を見るだけで気分が悪くなるんだ」

かえって怒りの火に油を注いでしまった。

うなだれていた久蔵だったが、気が抜けたようにすっくと立ちあがると物も言わずに出ていった。一八が止める間もなかった。

「おまえさん、久蔵のために親身になっているのはわかるが、これ以上は口出ししなさんな。いいね！」

門左衛門は強い口調で言い放った。

「わ、わかりました」

門左衛門の剣幕《けんまく》に押し切られたようにして一八もそそくさと立ち去った。門左衛門は薄笑いを浮かべ、座敷の中に入った。庭に人気がないのを確かめると外記はそっと足音を忍ばせ、門左衛門の寮を後にした。

一八が歩いている。

「おい」

声をかけると一八は振り返り、大袈裟に仰《の》け反《ぞ》って驚いてみせた。

「これは、奇遇《きぐう》でげすな……お頭も扇屋さんに用事があったんでげすか」

一八は外記と寮を交互に見た。

「ここは、扇屋の寮だったのか。扇屋というと、増上寺の門前に店を構える老舗の菓子屋ではないか」

外記も寮を振り返った。

「お頭、扇屋さんの寮だってご存じなかったんでげすか」

それには答えず、

「おまえとやり取りしておったのは扇屋の主人か」

外記は確かめた。

「ええ、門左衛門旦那でげす……お頭、どうして扇屋さんの寮に……」

もう一度一八は問いかけた。

「おまえは、やり取りからすると、幇間仲間と門左衛門のいさかいを仲裁しに来たようだったな」

一八がそうでげすと答えると、外記はお勢と入った店での無宿人乱入騒動と、御師らによるお蔭参りの扇動疑惑を語り、

「御師を束ねておる伊勢夢想斎なる者をつけたところ、門左衛門の寮に至ったという次第だ」

なるほどと一八は得心《とくしん》し、

「ってことは、扇屋の旦那は今回のお蔭参り騒動に関係しているんでげすか」

「そう思って間違いあるまい」

外記は断じた。

「こいつは驚きでげすよ」

一八は額をぴしゃりと叩いた。

「一八、おまえ、久蔵という幇間との間を取り持つという名目で、門左衛門の寮を探ってくれ」

外記の依頼を、

「任せてください」

引き受けたものの、一八は躊躇うように目をしばたたいた。

「どうした」

外記が問うと、

「もし、扇屋の旦那がそんな悪巧《わるだく》みをしているとしたら、久蔵は出入り止めのままになっていた方がいいかもしれないって、思いましてね」

一八は言った。

「それは思案のしどころだろうな。ただ、わしはおまえの話を聞いて気になったぞ。久蔵という男は幇間であり、門左衛門は粋な遊びをすることで知られておるのであろう」

「さいでげすよ」

「それにしては、久蔵を出入り止めにしたというのは、どうなのかな。いささか、洒落《しやれ》が通じないと思うのだが」

外記の疑念に、

「その通りでげすがね、久さんは、それくらい扇屋の旦那を怒らせてしまったんでげすよ。やかん頭というのは旦那にとっては、たとえ宴席でも口に出してはいけない言葉でげすからね」

疑いもなく一八は答えた。

「扇屋門左衛門、粋と言えるかな。わしには、融通《ゆうずう》の利かない野暮《やぼ》な男としか思えぬ。わしが考えるに、粋な遊び、つまり通人《つうじん》を気取る者というのは、何よりも野暮を嫌う。正確に申すと、野暮と評判が立てられるのを大いに恥辱《ちじょく》とするものだ。自分の気にしていることを宴席での笑いのネタにされて腹を立て、贔屓にしていた幇間を出入り止めにしたとあっては、それこそ野暮だという噂が広まるのではないかな。一歩譲ってその場では怒りに任せて出入り止めにしたとしても、時が経てば許すものだろう」

外記が門左衛門の行いに疑問を呈すると、

「なるほど妙でげすね」

一八も勘繰り始めた。

「もう一つ、腑《ふ》に落ちないのはな、そういう悪い噂というのは、広まりやすいものだ。しかし、おまえ、久蔵が出入り止めになったのを知らなかったのだろう」

外記は更なる疑問を投げかけた。

「言われてみれば……」

一八は目をぱちぱちとした。

次いで、

「お頭は久蔵が扇屋の旦那から出入り止めを言い渡されたのには、別の事情があるとお考えでげすか」

「漠然とではあるが、そんな気がする」

外記はうなずいた。

「じゃあ、ちょいと、久蔵の口を割らせますか。いや、そんなことは余計なお節介でげすかね」

一八は思案をした。

「おまえの好きにすればよい。ただ、これはわしの勘だが、ひょっとしたら久蔵の出入り止めには深い理由があり、その理由は今回のお蔭参り騒動に繋がっておるのかもしれんな」

「そいつは、恐ろしいでげすよ。でも、久蔵が公方さまの日光社参を邪魔するお蔭参りの企てに関わっているなんて、やつがれには到底信じられません」

両目を見開き一八は首を左右に振った。

「人は見かけによらぬもの。いや、久蔵は企てに関係はしていないのかもしれぬ。関わりはないが、企てについて何らかの秘密を知ってしまったとしたら……」

外記は一八に視線を預けた。

「こりゃ、久さんは大変なことに首を突っ込んだのかもしれません」

一八は危機感を抱いたようだ。

「決めつけはよくないゆえ、久蔵のことは頭の片隅に置く程度でよいがな」

「わかりました」

と、答えたものの一八の脳裏は久蔵への不審と心配で一杯のようだ。

「久蔵には疑いの素振りを示してはならぬぞ」

笑みを浮かべ外記は念押しをした。

「わかっているでげすよ」

「ならば、頼むぞ」

外記は一八の肩をぽんと叩いた。

五

一八はその足で芝神明宮裏手にある久蔵の家を訪れた。日輪《にちりん》は西に傾き、長屋は武家屋敷の影にすっぽりと覆われている。うらぶれた長屋の板敷に久蔵は足を投げ出していた。

「一八さん、とんだ裏目に出てしまったじゃないか」

顔を見るなり久蔵は恨《うら》み言を言った。

「悪かったよ。やつがれが、考えが足りなかったよ。なんだかんだわだかまりがあっても、旦那だって久さんの顔を見りゃ、尖った気持ちも柔らかくなるって算段したんでげすがね……、やつがれも見込みが甘かったね」

頭を下げ一八は詫びた。

久蔵はすっかりむくれ、そっぽを向いてしまった。

「でもね、ああやって、顔を出し続けることで、旦那の気持ちは和らいでゆくものじゃないのかね」

言い訳のように一八は言い添えた。

「そんなもんかね。旦那はとてものこと、許してはくれそうにござんせんがね」

横を向いたまま久蔵は返した。

「確かに旦那の怒りようは、やつがれも驚いたでげすよ」

一八は顔をしかめた。

そうだろうというように久蔵はうなずく。

「でもね、久さんがしくじったのは宴席でのことでげしょう」

「図に乗り過ぎたってことさ。何度も同じことを言わせなさんな」
久蔵は舌打ちをした。
「そう、怒らないでおくれな。やつがれはね、引っかかるんでげすよ。門左衛門旦那って
いやあ、通人と評判の粋な遊びをなさるお方だよ。そんなお方が、いくら悪ふざけが過ぎ
たとはいえ、宴席での事をいつまでも根に持つものかね」
一八がぶり返すと久蔵は、
「くどいなあ、一八さんも。だから、悪ふざけが過ぎた……」
「それとね」
久蔵の反論を制して一八は疑問を重ねた。
「それと、葛飾村の寮には門左衛門旦那の客人や芸者衆もいたんでげしょう。久蔵さんと
いやあ、お世辞《せじ》抜きで評判高い幇間でげすよ。その久さんが門左衛門旦那をしくじったら、
柳橋界隈で噂になるはずなんだ。ところが、やつがれの耳には入ってこなかった。それも、
妙な気がするんだがね」
一八は首を傾げてみせた。
久蔵はきょとんとした後に、
「そりゃ、みんな口が堅《かた》いんだろう。何せ御奉行所を憚っての宴だったからね……」

「それにしたってさ、しくじり話っていうのは噂になりやすい。で、人の口に戸は立てられないよ。久さん、門左衛門旦那が招いた客人というのはどんな人たちだったんだい。扇屋の上得意さんかい」

一八の問いかけに久蔵は思案を巡らせてから答えた。

「大事な客人としか聞いてなかったね……」

「久さんは、門左衛門旦那が客人を招くお座敷に何度も出ているだろう。馴染《なじ》みの顔はなかったのかい」

「いなかったんだ」

「どんな人たちだった」

「江戸のお人たちじゃなかったね。言葉は上方に近いというか……ああ、そうだ。伊勢から来たっておっしゃってた。扇屋さんの伊勢の本店のお得意だってことだったよ」

久蔵の答えに一八は外記の探索を思い出した。

「伊勢からのお客というと、御師方じゃなかったのかい」

「……ああ、そうだ、御師方だよ。はっきりとは申されなかったけど、お札がどうのこうの、お蔭参りがどうのこうのっていうやり取りが交わされていたもの」

考え考え、久蔵は話した。

「凄《すご》い評判になっているお蔭参りやお札が降るって話、久さんは詳しく聞かなかったのかい」

まじまじと一八は久蔵を見返した。

「そりゃ……あれ……どうしてだろう……ああ、そうだ。宴が開かれたのは一月前、その頃はお札が降るなんて誰も言っていなかったもの……」

宴席の光景が蘇ってきたようで久蔵の口調は確信に満ちてきた。

記憶が鮮明になると久蔵は饒舌《じょうぜつ》になった。

「あたしもね、妙だって思ったのは旦那の怒り方だったんだ。一八さんに言ったけど、一旦は、お怒りは静まったんだ。で、あたしも悪ふざけが過ぎたと思ってさ、お酒は控えて水を飲んだりお茶を飲んだりしていたんだ」

「お茶を飲むためにやかんから急須にお湯を注いだんだったたね。そのやかんを見て門左衛門の怒りが蒸し返されてしまったんだろう」

一八が確かめると、

「そうなんだよ。だけど、一旦は許してくれたんだよ……」

盛んに久蔵は首を捻《ひね》った。

「おかしいのかい。おかしいと思うんだったら、よおく記憶を辿ったらいいさ」

　一八は落ち着くよう言った。

　眉根を寄せて久蔵は考え込んでいたが、

「そうだ」

　と、両手を打ち鳴らした。

　期待を込めて一八は見返す。

　久蔵は一八の視線を受け止めつつ、

「旦那、やかんの前にあたしが豆福餅を食べているのを咎《とが》めたんだ」

「扇屋の名物だね。でも、何だって名物を食べて怒ったんだ。お膳に載っていたんでげしょう。盗み食いをしたんじゃないんだろうしね」

「それがね、あの豆福餅は台所にあったんだ。水を飲みに行った時に目についたんで、何個かくすねてきたんだよ……それが、旦那の怒りを買ったのかも……豆福餅といやあ、扇屋の名物、お伊勢さまにも納めているんだって、旦那は自慢していたからね。店で買うのはいいとしても、黙ってくすねたのが気に障ったのかもね」

　久蔵は目をしばたたきながら語った。

　もっともらしいが、店の菓子をくすねるくらいで粋な遊び人門左衛門が怒るとは……。

　一八は得心がゆかなかった。

六

弥生九日の昼、真中正助は公家飛鳥小路政智の護衛に当たっていた。

政智の江戸市中の散策を楽しみたいという意向を受け入れ、藤田東湖は武士に扮装《ふんそう》させた。地味な木綿の小袖に羽織、袴を身に着け、腰には大小を帯びてもらった。髷も月代《さかやき》を残したまま武士風に結い直してある。

そんな政智を浅草寺、奥山へと連れていった。

見世物小屋、茶店を覗き、市中を楽しみたいというお公家さまの我儘《わがまま》に真中は従う。お口に合わないと存じますが、と遠慮がちに真中は蕎麦屋に入れたり、心太《ところてん》を食べさせたりした。

「江戸は蕎麦ですわな」

政智は嫌がることなく、にこにこと笑いながら蕎麦を手繰り、江戸風の蕎麦に舌鼓《したつづみ》を打った。

好奇心旺盛《おうせい》なお公家さまのようだ。

上野下谷《したや》まで至ったところで、

「まだ、日があるけど、真中さん、一杯、どうどすかな」

政智に誘われた。

「お供致します。どちらに……」

真中は周囲を見回した。

「あそこがよろしいな」

政智は御成街道《おなりかいどう》から入った横丁に歩を進めた。行き止まりにある店がいいと政智は言った。

そこは、みすぼらしい煮売《にう》り屋であった。料理屋とはいかずとも縄《なわ》暖簾を想定していた真中は戸惑った。煮売り屋とは、一杯飲み屋である。肴は煮豆《にまめ》くらいしか置いていない。懐は寂しいが酒は飲みたいという呑兵衛《のんべえ》が集まっている。品がよくないのは当たり前で、政智が好むであろう上方の清酒などは扱っていない。

飲めるのは、関東地回《じまわ》りの安い酒か、どぶろくの類である。安酒場に足を踏み入れるなど、京の市中ではできないと、政智は旅を楽しんでいるのだろうか。

政智は興味津々の表情で暖簾を潜った。

「なんだとこの野郎！」

「表に出ろい！」

早速、客同士の喧嘩《けんか》が繰り広げられている。店内は土間に大きな縁台が三つ据えられているだけの殺風景《さつぷうけい》さだ。縁台に胡坐をかく客も荒れくれた様子だ。だらしなく着物の衿をはだけ、大きな声でやり取りをし、日があるのに呑んだくれている。

主人は大柄《おおがら》な男で、客をもてなすというよりも、目を三角にして見張っている。若い娘の女中など、奢侈禁止令とは関係なく働いているはずもなかった。

主人は喧嘩をしている二人に近づくと、

「表でやりな」

と、衿首を摑んで有無《うむ》を言わさず店から引きずり出した。

気にすることもなく、政智は縁台に腰かけた。真中に隣を指し示す。真中は一礼して腰かけた。店の主が不愛想《ぶあいそう》な顔を向け、言葉ではなく目で注文を聞いてくる。「いらっしゃいませ」の一言もないが、それがこの店には似合っていた。

酒と煮豆を頼もうとしたところで、

「直しをくんな」

という客の声が聞かれた。

「直しとは何ですか」

政智が興味を抱いた。

「直しとは焼酎《しょうちゅう》を味醂《みりん》で割った飲み物です。上方では柳陰《やなぎかげ》と言うようですが」

真中は答えた。

「ああ、柳陰ですか。それはよろしいな。ほな、直しを飲んでみまひょうか」

政智は頬を綻ばせた。

「焼酎でございますよ」

真中は公家に焼酎はと躊躇った。

しかし政智は、

「面白そうやないですか」

好奇心の強いお公家さまは、益々興味を示したため、直しを二人分注文した。待つ程もなく不愛想な主人が直しを二杯と煮豆を運んできた。

直しは茶碗に入っている。五郎八《ごろはち》茶碗と呼ばれる粗末《そまつ》な瀬戸物《せともの》で、しかも縁が欠けていた。そんなみすぼらしい器が直しにはふさわしいように思える。代金は酒肴と交換ということで、真中が銭を支払った。

政智は茶碗を取り、一口飲んだ。

「ほう、これはおつやな」

政智が満足したのにほっとし、真中も口に入れる。思ったよりも飲みやすい。焼酎の臭《くさ》み、きつさが味醂の甘味で和らげられている。これなら進みそうだ。夏には井戸水で冷やすと美味いと聞いたことがあるが、いかにもといった風である。

煮豆は芯が残った硬さで、歯が丈夫でないと食せたものではないが、それすらも直しとこの安酒場には合っている。政智は上機嫌《じょうきげん》でお替わりをした。真中も頼む。

「これは、飲み口がよろしいので、つい過ごしてしまいそうですな」

真中は政智に注意を促した。

「ほんま、ええ具合に酔いそうやな」

おっとりとした口調で政智は返した。江戸のざっかけない酒場を楽しんでいる。

ふと、

「飛鳥小路さま、普段は清酒をお飲みなのでござりましょう。京の都近く、伏見《ふしみ》は酒の名所でござりますな」

「確かに伏見は酒どころやけど、貧乏公家の口には滅多に入らんわな」

謙遜《けんそん》なのか自嘲なのか政智はおかしそうに笑った。「ヒョウヒョウ」という何とも薄気味の悪い笑い声が貴公子然《きこうしぜん》とした若き公家から発せられたことに、真中は違和感を覚えた。

とはいえ、公家の暮らしは質素だ。

飛鳥小路政智は従三位《じゅさんみ》権中納言、武家でいえば御三家の一つ水戸徳川家に匹敵《ひってき》する。よって、水戸家当主斉昭を、「斉昭さん」などと気楽に呼べるのだ。ところが暮らしぶりといえば、斉昭とは比べ物にならない貧しさである。大名のように城や広大な屋敷などとは無縁、飛鳥小路家の家禄は四百石、武家でいえば下級旗本並だ。

従って公家たちは、茶道、華道、琵琶、和歌などの家業によって暮らしを立てている。政智も有職故実の家業により、水戸斉昭の招きを受けたのだ。直しを味わっているのは好奇心ばかりとは言えないのかもしれない。

政智は公家の世の到来を望んでいるのか。あるいは、そんな気概《きがい》などないのか。

すると、政智は真中の心中を見通したように、

「こうして気軽にふわふわと暮らすのが性《しょう》に合《お》うてますな。わたしばかりではなく、公家というもんは、欲をかいたらろくなことにならしまへん」

「水戸さまは殊《こと》の外《ほか》、尊王心が厚いと評判ですな」

真中は言った。

「まこと」

政智は短く答えた。

「『大日本史』、ずいぶんと長い間、編纂に時を要しておられますな」

「光圀公以来、もう、二百年にもなりましょうかな」

長いことやと政智は笑った。

するとと、

「おお、お侍さんよ。ちっとばかり、恵んでくんねえかな」

薄汚れた着物姿、右の頬には縦に傷が走っている、一見してやくざ者が絡んできた。右頬の傷はやくざ同士の喧嘩でできたのだろう。

「恵む筋合いはない」

真中は冷たく言い放った。

「そんなこと、言わないでよお」

しつこく男が食い下がると、仲間が集まってきた。

「いいじゃねえかよ。お侍さんよ」

男は強気になって真中に言い寄る。仲間が真中と政智を取り巻いた。

主人が、

「表でやりな！」

と、怒鳴った。

それでもやくざ者は数を頼んで無視している。

「いい加減にしろ」

真中は男を睨みつけた。

「大体な、こんな安酒場、お侍が来る所じゃないんだよ。それなのに、お侍がここに来るってことはな、おれたちのようなやくざ者に奢《おご》るっていうのが仁義ってもんだぜ」

都合のいい理屈をつけやくざ者は居直った。

「出ましょう」

真中は政智を促した。

「なんだ、尻尾を巻いて逃げ出すのか」

やくざ者は嘲笑を放った。

真中は無視して腰を上げた。

政智はにここと笑いながら五郎八茶碗を手に持つと、

「そんなに欲しいのなら、どうぞ」

と、凄《すご》んできたやくざ者の顔面に向かって茶碗に残った直しを浴びせた。右頬の傷をひくひくと蠢かせ、

「な、なにしやがる！」

やくざ者は血相を変えた。

「欲しいっていうから、あげたんです。お礼を言いなさい」

温和《おんわ》な表情と穏やかな口調で政智は声をかけた。

「ふざけるな」

男はいきり立ち、仲間も腕捲《うでまく》りをした。

「謝れ、銭を出せ」

やくざ者は凄む。

「礼を言われこそすれ、謝るいわれはありませぬな」

人を食ったような物言いで告げ、政智は立ち上がった。真中は左の親指で刀の鯉口を切った。

「野郎！」

叫ぶや、やくざ者が政智に殴りかかった。

政智は動じることなく平手でやくざ者の頬を張った。やくざ者は前につんのめり、土間に転がった。仲間が一斉に政智に向かう。政智は跳躍《ちようやく》して縁台に立った。

主人は黙認している。

客たちも息を呑み、成行きを見守っていた。

政智は群《むら》がる仲間を蹴り飛ばし、縁台に上がってきた敵を拳で打ち据える。何人も土間に転がった。

敵の抵抗が止んだのを見定めた政智は着物一つ乱すことなく、

「行きましょうか」

と、真中に声をかけた。

真中は感心しながらうなずく。

真中と政智は安酒場から外に出ようとした。すると、土間に転がっていた一人がむっくりと起き上がり、懐に呑んでいた匕首を抜いて政智に向かった。

真中は振り向き、刀を抜こうとした。

が、それよりも早く政智は前を向いたまま刀を鞘《さや》ごと抜いて、男に突き出した。鞘の鐺《こじり》が男の鳩尾《みぞおち》に当たった。

男はもんどり打って転がる。

政智は顔色一つ変えることなく、真中と共に表に出た。

「お見事でした」

真中は賞賛の言葉を投げた。

これなら、用心棒などは不要ではないかと思える。

「相手はやくざ者ですから」

事もなげに政智は言った。

たとえ、相手が侍でも相当な腕を発揮するに違いない。

「退屈《たいくつ》凌ぎになりました」

政智は笑った。「ヒョウヒョウ」という音が薄気味悪く、決して爽《さわ》やかな笑い声ではなかった。

第三章　鵺中納言

一

その夜、外記は夢想斎の正体を摑むべく、根津権現裏手の扇屋の寮に潜入《せんにゅう》した。夜とあって、森閑とした闇が広がっている。夜空には上弦《じょうげん》の月が懸《か》かり、星が瞬《またた》いていた。

黒覆面《ふくめん》に黒小袖、裁着《たつつ》け袴という黒装束で息を潜めて庭の植込みに身体を隠した。

母屋に灯《あか》りはない。

息を殺していると、庭に夢想斎が立ち、御師たちが集まった。

「行くぞ」

夢想斎は杖で地べたを打った。

次いで御師たちを引きつれ、寮から出ていった。一行は上野へ向かった。

上野御成街道を立派な駕籠《かご》がゆく。警護の侍たちが駕籠を守っていた。駕籠の行く手に夢想斎たちが立ちはだかった。

「何者！」

警護の侍が甲走った声を発する。

夢想斎は、

「天誅《てんちゅう》じゃ」

と、叫んだ。

闇の中から御師たちが現れ、駕籠を取り巻く。

夢想斎は駕籠に向かった。

侍たちが抜刀し、向かってくるのを、夢想斎は無造作に杖で殴りつけた。

そして、

「不動金縛りの術！」

弦月に届くような声を張り上げるや、杖で大地をつく。夢想斎に向かった者たちは大地に根が生えたように動かなくなった。

御師たちが駕籠の扉を開けると、怯《おび》えた表情で侍が出てきた。

「天誅じゃ、老中渡辺大和守義直《わたなべやまとのかみよしなお》」

夢想斎が言うと、御師が侍の胸を刀で刺し貫いた。

「な、なにを……」

侍は断末魔《だんまつま》の叫びを上げ、地べたに倒れ伏し、どす黒い血が広がる。

夢想斎は天誅と記した書付《かきつけ》を侍の亡骸《なきがら》の上に置いた。

「馬鹿め。日光社参に事寄《ことよ》せて私腹《しふく》を肥やしおって」

夢想斎は舌打ちをした。

「さて、次は水戸藩邸《はんてい》じゃ。錦《にしき》の御旗《みはた》を奪う」

夢想斎は御師たちに宣言した。

「錦の御旗……」

御師たちは興奮の面持《おもも》ちとなった。


外記は姿を隠しつつ、駕籠の側《そば》までやってきた。

血溜まりに倒れ伏す侍を横目に駕籠の陰に潜んだ。鉄錆《てつさび》のような血の臭《にお》いが鼻孔に忍び入る。

やがて、馬の蹄《ひづめ》の音が近づいてきた。馬は夢想斎の側で止まり、乗り手が夢想斎と代わった。夢想斎が馬を使うとは意外だ。

馬上の夢想斎は右手に手綱《たづな》、左手に杖を持ち、馬の腹を蹴った。馬は勢いよく走り出した。闇の中に夢想斎は消えた。御師たちは何処へともなく消え去った。

その日の夜更《よふ》け、小石川《こいしかわ》の水戸家上屋敷《かみやしき》で騒動が起きた。

十万坪を超える広大な敷地の一角に政智が滞在する御殿《ごてん》がある。賓客をもてなすために作られた屋敷だ。

庭のほぼ真ん中に練塀《ねりべい》で囲まれた千坪の敷地があり、そこに檜造りの建屋と枯山水《かれさんすい》の庭が備えられていた。

騒ぎはその賓客御殿で起きた。

「藤田さん、大変や！」

政智は血相を変えて、駆けつけた藤田に訴えた。

「いかがなさいました」

藤田は政智の肩越しに小座敷を見た。長持の蓋《ふた》が開いている。

「錦の御旗が盗み出されたのや……」

震える声で政智は書付を差し出した。藤田は一礼して書付を受け取ると視線を走らせた。

「錦の御旗、お借り致す。伊勢夢想斎……」

読み終えると藤田は長持に歩み寄った。

空《から》である。

そこには政智が京都から持参した錦の御旗が納められていたのである。政智は水戸家の文庫《ぶんこ》で書見《しょけん》をして戻り、錦の御旗盗難に気づいたそうだ。

居室前の濡《ぬ》れ縁《えん》には水戸家の家臣二人が倒れていた。小座敷を警固していた者たちだ。小座敷には錦の御旗の他、政智が持ってきた様々な史料、書籍が保管されていたが、幸い、それらは無事であった。

藤田は二人を起こした。

二人は寝惚《ねぼ》け眼《まなこ》で藤田と政智を交互に見やった。次いで慌てて立ち上がる。藤田が錦の御旗が盗み出されたことを告げた。

「も、申し訳ございませぬ」

一人が詫び、もう一人は深々と腰を折った。

叱責《しっせき》を加える前に藤田は盗難の状況を確かめた。それによると、夢想斎らしき老人が現れ、不動金縛りの術をかけられたということだ。術をかけてから、夢想斎は二人の鳩尾を殴り、失神させたようだ。

「夢想斎が近づいたのに気づかなかったのか」

藤田は疑問を投げかけた。

「突如、あの岩陰からぬうっと姿を現したのでございます」

家臣は枯山水の庭に配置してある大きな奇岩《きがん》を指差した。もう一人もうなずいた。

「しかし、ここまではいかにしてやってきたのであろう」

得心がいかないように藤田は腕を組んだ。

賓客御殿まではどの門からも距離がある。屋敷内には警固の侍が巡回している。目に留まらずに忍び込むのは困難だ。

「藤田さん、夢想斎は神出鬼没《しんしゅつきぼつ》ですわ。いくら警固しようと、こんな広い屋敷、夜陰《やいん》に紛れていくらでも忍び込めますがな」

「飛鳥小路卿、夢想斎をご存じなのですか」

意外な面持ちで藤田が問いかけると、

「夢想斎は都でたびたびわが屋敷を訪ねてきました。屋敷にある書物、史料を読みたいと申して……今にして思えば、夢想斎は錦の御旗について知りたかったのでしょう」

政智は答えてから、錦の御旗を盗まれた失態をなじった。盗み出されたのは水戸家の落ち度とあって、藤田も夢想斎の盗みの手口の穿鑿《せんさく》より、

「直《ただ》ちに夢想斎を追え！　何としても錦の御旗を取り戻すのだ」

と、命じた。

二人は駆け出した。

「伊勢夢想斎、私が水戸家に招かれたのを知って、錦の御旗も水戸藩邸にあると見当をつけてやってきたのだろう」

敵ながらあっぱれと言わんばかりに政智は夢想斎の手際《てぎわ》のよさに舌を巻いた。実際、十万坪を超える広大な屋敷にあって政智が滞在する賓客用の御殿を探し当てた夢想斎の能力は驚嘆に値する。

「ひょっとして、水戸家中に夢想斎に内通する者がおるのと違いますか」

独り言のように政智は語った。

「まさか……」

絶対にあり得ないという言葉を藤田は呑み込んだ。

二

連日、義助は正太を連れて根津界隈の武家屋敷を回っている。魚屋としての出入りを名目にしての訪問を繰り返していた。

門番や女中は子連れの義助を訝しみながらも、

「かかあに逃げられまして」

などと正太を連れている言い訳をすると、出入りが叶うかどうかは約束できぬと断りを入れながらも、屋敷内に入れてくれた。

魚を売り込みながら屋敷内の様子を確かめる。目的はあくまで出入りが叶うかどうかではなく、寛太探しである。渡り中間などの奉公人小屋を中心に訪問を繰り返す。寛太探しは正太に任せ、魚の売り込みを義助はした。盤台《ばんだい》に魚を乗せ、包丁を使う。活きのいい魚をさばき、売り込んでいると、魚屋の矜持《きょうじ》が湧き立ってきた。

ついつい魚の売り込みに熱心になってしまい、ふと気づくと正太が寂しそうな顔で義助の傍らにしゃがみ込んでいる。

訪れた武家屋敷は、いずれも渡り中間や通いの奉公人を抱えているが、無宿人はいないというのが建前だ。奉公人は例外なく、口入屋《くちいれや》の斡旋《あっせん》を受けた者ばかりであった。

実際、正太は寛太を見つけられないでいた。

そんな十日の夕暮れ近く、

「おっとう、いねえ……」

正太はがっくりとうなだれた。

「根津権現さん界隈にはまだまだ御屋敷は何百軒とあるんだ。それにな、万が一、根津で見つからなきゃ、他を当たればいいさ。江戸は広いぞ。屋敷は星の数くらいあるさ」

星の数は大袈裟だが、義助は励ましながら正太をお勢の家に連れ帰った。正太には希望を持てと言っているが、成果が上がらず足取りは重い。正太同様、一日千秋《いちにちせんしゅう》の思いで寛太との再会を待つお民を思うと辛《つら》い。お民は一縷《いちる》の望みを義助の探索に託しているのだ。

南北町奉行所は江戸の町人ではない無宿人探索などに耳を貸さないし、訴えでもしたら帰還を命じている幕府の触れに反する者だと、江戸から所払《ところばら》いにされる。

母子の苦境を聞いて深く考えずに引き受けてしまった自分の軽はずみな所業が、却《かえ》って母子を苦しめてしまうのではないかと悔いてしまった。

お勢の屋敷の冠木門を潜った。

夕空は暗い雲に覆われている。明日からの寛太探索の行方《ゆきがた》を告げているようで義助の胸は塞《ふさ》がれた。雨になる前に着いてよかったと指南所に足を向ける。格子戸を開けると、

「お帰りなさい」

明るい声と共にお民が出迎えた。血色がよくなっている。お民が平癒したのが唯一の慰みだ。

「お民さん、申し訳ない……旦那さん、今日も見つからなかった……」

義助は額から手拭を取って頭を垂れた。

「義助さん、頭を下げなければならないのはわたしの方ですよ」

お民は返した。

「おっかあ、腹ぺこだ」

正太が空腹を訴えた。

「あ、しまった。何か食べてくれればよかったな。今からでも行くか。近所に伊勢うどんの美味い店ができたんだ」

正太の頭を撫で、義助は目でお民も一緒にどうだと誘った。義助の意を汲み取ったように正太も、

「おっかあ、うどん食いにいこう」

と、下野訛りで言った。

「おっかあな、飯の支度、してあるんだ」

お民も下野訛りの混じった言葉で返し、

「義助さんも、よかったら一緒にどうですか」

と、義助の分も用意したと言い添えた。

「いや、あっしは……」

寛太を見つけられない負い目から遠慮した。

すると、雷鳴《らいめい》が轟《とどろ》いた。次の瞬間には雨が屋根を打ちつけた。

「らいさまだあ」

着物の上から寛太は両手で臍《へそ》を隠した。

「らいさまって、下野では雷のことなんですよ」

お民が教えてくれた。

「そうか、雷さまに臍を取られないように用心しているんだな、偉いぞ」

義助は正太を抱き上げ肩車をした。

「夕立が止むまで、ご飯を食べていってください」

今度はお民の誘いを素直に受け入れた。


稽古部屋に隣接した小部屋に食膳が調えられていた。義助が届けた鰯《いわし》の焼き物に豆腐の味噌汁、それにかんぴょうの玉子とじ、かんぴょうときんぴらの煮物が小鉢に盛りつけられ、折敷《おしき》に用意されていた。

「かんぴょうの玉子とじか、こりゃ珍しいや」

義助は喜びの混じった驚きの声を上げた。

「かんぴょうは壬生の名産なんです。それで、かんぴょうを使った料理を覚えたもので

「……」

照れながらお民は言った。

「美味しそうですよ。遠慮なく頂きます」

義助はかんぴょうの玉子とじがよそわれた小鉢を手に取った。

「お勢さんもお呼びしたんです。少し遅くなるから先に食べていてとおっしゃいました」

お民はお勢のために用意した折敷を見た。

正太は鰯の塩焼きにかぶりついた。幼子が鰯と格闘《かくとう》する様は何とも微笑《ほほえ》ましい。

「お江戸は海があっていいですね。義助さんのお陰で海の魚が食べられます」

お民も鰯に箸を伸ばした。

「そうか……下野には海がないものね。魚っていうと、岩魚《いわな》とか山女魚《やまめ》、鮎《あゆ》か。あっしは、鮎は好きですよ。夏は鮎の塩焼きで一杯、なんて堪《こた》えられませんや」

言いながら玉子とじを食べた。

しゃきしゃきとしたかんぴょうを玉子がふんわりと包んでいる。嚙み応えがあり、嚙む内にかんぴょう、玉子、出汁《だし》の味が絶妙に混ざり合って口中を幸福色に染めていった。

これが所帯持ちの食事なのかと独り身のわびしさを痛感し、見たことも会ったこともない寛太を羨んだ。

「お魚を扱う義助さんには釈迦《しやか》に説法《せつぽう》ですけど、鮎は鵜飼《うかい》で捕れたものが一段と美味しいそうですよ」

といううお民の言葉に、

「うかい……ああ、水でがらがらって咽喉を洗うこと……」

正太はうがいを真似た。

くすりとお民は笑った。義助は正太に向いて鵜飼を教えた。

「鵜という真っ黒な鳥がいるんだ。烏《からす》をでっかくしたような……いや、烏には似てないな。ま、いいや、ともかく、その鵜を操って鮎を捕る漁《りよう》なんだぞ。漁というと、明け方にやることが多いけど、鵜飼は日が落ちてから行うんだ。小舟に乗った漁師が十数羽の鵜を操る。篝火《かがりび》を焚《た》いてな……」

やおら、義助は立ち上がった。

「鵜飼の漁師は鵜匠《うじよう》って言うんだ。で、鵜匠さんは、風折《かざお》れ烏帽子《えぼし》を被って、鵜と同じ真っ黒い漁服を着るんだぞ。腰に蓑《みの》を着け、操る鵜の数だけ、手縄を持つ。そう……浦島《うらしま》太郎《たろう》みたいな格好だ。竜宮城《りゆうぐうじよう》には行かず、鮎を捕るんだ」

義助は手拭を手縄に見立て、

「何本もの手縄の先に鵜の首を結ぶ」

正太は箸を折敷に置き、義助の所作に見入った。

「篝火に鮎の鱗《うろこ》が煌めくとな、鵜はすかさず潜《もぐ》って鮎を咥えるんだ。で、呑み込む前に鵜匠さんが手縄を引っ張る……」

義助は手拭を引いた。

「すると、鵜は鮎を呑み込めず、鮎を咥えたまま川から顔を出すんだ。こんな具合にな……」

今度は鵜となり、義助は鰯を咥え、手縄を引っ張られた鵜の如く、首を伸ばした。目をむき、鵜になり切っている義助を見て、正太は腹を抱えて笑った。お民も口を押さえ笑っている。

義助は幸せを感じつつ咥えた鰯を小皿に戻した。やがて正太は笑い終え、

「それで、どうして鵜匠さんが捕った鮎が一番美味しいの」

と、改めて問いかけた。

「ああ、そうだったな」

鵜飼の説明に頭がいってしまい、肝心の事を忘れていた。しかし、鵜飼を知っていても、鵜飼で捕れた鮎の風味がなぜ違うかなどわからない。そもそも、鵜飼で捕獲した鮎など、食べたことがない。

義助が答えられないでいると、

「それはね、釣り竿や網で捕ると鮎は暴れるでしょう。でも、鵜が咥えると、瞬《まばた》きする間もなく鮎は死んでしまうの。だから、身が損なわれないのね」

風味が損なわれないのだと、お民は説明した。

「なるほど」

「へ～え」

義助と正太は同時に納得の声を上げた。

それから、

「お民さん、物知りでござんすね」

感心して義助は問いかけた。

そんなことありません、とお民は謙遜してから、

「以前の奉公先で旦那さまから教わったんです」

と、伏し目がちに言った。

「奉公先っていいますと、壬生の商家ですか」

問いかけてから義助は、立ち入ったことで、答えなくてもいいですと、言い添えた。お民は構いませんと断ってから、

「十年前まで、わたしは江戸で奉公していたんです」

意外な過去を打ち明けた。

が、そうと知って、お民にそれほどの下野訛りが感じられないわけが得心できた。義助が黙っているとお民は続けた。

「芝増上寺さまのご門前にお店を構える扇屋さんで女中奉公していたんです」

ある日、奉公人を慰労《いろう》するため、扇屋の主人門左衛門は宴を催した。膳に饗された鮎を食べながら門左衛門は鵜飼についてうんちくを語ってくれたのだそうだ。

「扇屋さんの本店は伊勢にあるんです。お伊勢さまの内宮、外宮の参道にお店を構え、お出入りもさせて貰っているんですね。伊勢の本店は足利の御代に京の都から移ってきたのだそうですよ」

その後戦国乱世となり、伊勢神宮の台所は困窮した。二十年に一度の遷宮《せんぐう》もできないまま百数十年が経過した。

「それを、織田信長公が遷宮の費用を用立ててくださり、亡くなられた後、太閤《たいこう》さまによって行われたのだそうです。信長公は熱田《あつた》神宮さまや伊勢神宮さまを手厚く保護なさったそうで、毎年、鵜飼開きの日に捕れた鮎を禁裏《きんり》や伊勢神宮に献上《けんじょう》なさったそうですよ」

信長の本拠であった岐阜《ぎふ》の長良川《ながらがわ》は鵜飼の名所である。

「旦那さまがおっしゃるには、鵜飼の漁師を鵜匠と名づけたのは信長公だそうです」

鷹狩《たかが》りが好きな信長は、「鷹匠《たかじょう》」に対して、「鵜匠」と名づけ、保護したそうだ。

「旦那さまは、鵜飼で捕れた鮎の素晴らしい味わいを、目を細めて語られました。よく、覚えています」

当時を思い出すようにお民は遠い目をした。扇屋での女中奉公は楽しいものだったのだろう。

「それが、壬生に行きなすったのは、寛太さんに連れられてですか」

ついつい気になり義助は問いかけた。

お民は小さくうなずいて答えた。

「うちの人も扇屋さんに奉公していました。菓子作りの職人だったんです」

寛太は壬生に生まれ育ち、生家《せいか》は菓子屋だった。兄が家を継ぐ予定だったため、寛太は十三歳の時、江戸に出て扇屋の職人となり、いつしか暖簾分けをしてもらって店を出す夢を思い描いた。

寛太は懸命に働き、門左衛門に目をかけられる程の職人となった。

「それが、十年前でした。火事でわたしの身内が焼け死んでしまったのです。悲嘆《ひたん》にくれるわたしをあの人は励ましてくれました」

そんな最中、今度は寛太を不幸が襲った。

兄夫婦が流行《はや》り病で急死したのだ。兄夫婦には子供がなく、寛太に帰ってくるよう親戚から報《しら》せが届いた。

「しかも、間が悪いことに、うちの人は板挟みに遭《あ》っていたんです」

寛太には扇屋に奉公した時から何かと世話を焼いてくれた兄弟子がいた。寛太の下野訛りをからかい、虐《いじ》める者たちから庇ってくれた恩人だった。

「武吉《ぶきち》さんという人なんです。職人を束ねるくらいに腕がよくて、とっても優しくて、面倒見のいい人だったんですが、博打好きが玉に瑕《きず》で……」

武吉は賭場《とば》で借金を作った。すると、それを知った競合相手の布袋屋が、その借金を肩代わりした上に高額の賃金で武吉を引き抜いた。

当然、門左衛門は激怒した。

「武吉さんは、うちの人も布袋屋さんに誘ったんです」

寛太は武吉と門左衛門の板挟みに遭った。寛太は実家を継ぐため暇《いとま》を申し出たのだが、武吉を失った扇屋に居てくれと門左衛門は頼んだ。一方で武吉からは連日の誘いがある。

窮した寛太は扇屋を無断で飛び出し、壬生に帰ったのだった。帰る際、身より頼りのいなくなったお民は、好意を寄せていたこともあり、寛太の、「おれの嫁になってくれ」という頼みを受け入れた。

「そ、そんなことが……」

義助は胸が一杯になった。

「ごめんなさい。しんみりしてしまいましたね。さあ、召し上がってくださいい……お勢さん、遅いですね」

亭主との馴《な》れ初《そ》めを語り終え、お民は耳朶《みみたぶ》を赤らめ、はにかんだ。

義助は正座をして決意を語った。

「お民さん、あっしゃ、何としても旦那さんを、正太のおっとうを、探し出しますぜ」

お民も背筋をぴんと伸ばし、

「よろしくお願い致します」

と、三《み》つ指《ゆび》をついた。

「お兄ちゃん、おいらからも頼むよ」

正太は舌足らずだが大人びた物言いをした。義助はぷっと吹き出し、

「ませた口、利くな」

と、立ち上がり正太を抱き上げた。

正太は声を上げてはしゃいだ。

義助は胸が苦しくなった。切なくどんよりとした想いに胸がかきむしられる。

お勢は雨傘を稽古所の出入口で閉じ、格子戸に立てかけた。格子戸を開け、

「遅くなっちゃった」

と、呟いてから手拭で肩の雨粒を掃《はら》った。小部屋から義助と正太、それにお民の笑い声が聞こえる。

小部屋の襖《ふすま》を開けると、三人が楽しそうに夕餉を食べていた。三人を知らぬ者が見れば家族としか思えない。

「義助さん……」

お勢の胸に暗雲が立ち込めた。

三

十三日の昼八つ半、鳥居は水野から呼ばれ、江戸城西《にし》の丸《まる》下にある水野家上屋敷へとやってきた。御殿の奥書院《おくしょいん》で二人は向かい合う。

水野も鳥居も私邸での面談とあって、裃《かみしも》ではなく羽織、袴の略装《りゃくそう》である。

「鳥居、天誅とは何としたことじゃ。公儀に対し、将軍家に対し不遜《ふそん》にも程があろう。そなた、町奉行として、公儀に弓引く輩をのさばらせておく気か」

水野は家慶の日光社参に関わった老中渡辺大和守義直を狙った凶行を殊更《ことさら》に重視した。水野は渡辺に日光社参を行う家慶の行列準備を任せていた。天誅を加えた一味は渡辺が行列に関わる商人、特に土産の菓子を用意する布袋屋から賄賂《まいない》を受け取ったと糾弾《きゅうだん》していた。いつもの冷静さは影を潜め、眉間《みけん》に皺《しわ》を刻み、額には血管が浮かんでいる。

鳥居はひたすら畏れ入り、面《おもて》を伏せて水野の怒りが静まるのを待つ。突き出たおでこに脂汗《あぶらあせ》が滴《したた》り落ち、畳が濡れている。しかし、今日の水野はよほど虫の居所が悪いのか、いつまでも執拗《しつよう》に鳥居の無策《むさく》ぶりをあげつらっている。

鳥居は腹痛を感じていた。腹下《はらくだ》しではない。食欲は減退し、胃の腑がきりきりと痛むのだ。この三日、粥《かゆ》を食べるのがやっとであった。水野の言葉も上《うわ》の空《そら》となって、脳裏に入ってこない。ただ、激怒しているのは、わかり過ぎるくらいによくわかる。

ようやく、水野の叱責が止まった。

ゆっくりと顔を上げ、

「遠山《とおやま》どのは何をしておるのでしょう」

と、鳥居は呟いた。

自分ばかり責められるのは心外という思いが、同じ町奉行、北町の遠山景元《かげもと》を持ち出してしまった。ところが、これが却って水野の怒りに火をつけた。

「その方、自分は遠山よりも優れておると自負しておるのであろう。わしもそなたの方を買っておる。それゆえ、そなたに目をかけておるのではないか。それとも、遠山と同程度の扱いでよいと申すか」

水野に切れ長の目を向けられ、

「も、申し訳ござりませぬ」

鳥居は平謝りに謝った。

水野は怒りに震える声で命じた。

「何としても不埒《ふらち》な者どもを捕えよ」

「承知致しました！」

ここぞとばかりに鳥居は力を込め、声を張り上げる。水野は怒りを静め、普段の落ち着きを取り戻した。

「天誅などとふざけたことをした者ども、お蔭参りを仕掛けておる手合いと見て間違いあるまい」

水野の考えに、

「拙者も同じ考えでござります……ということは、水戸さまが関わっておられると、いうことでござりましょうか」

鳥居は結論を水野に求めた。

「そうであろう……」

怪しんでいるのだろうが、水野はさすがに御三家水戸家の陰謀だと決めつけるのは憚られるようだ。水野の気持ちを斟酌し、

「いくら水戸さまでも、お蔭参り騒動を起こして上さまの日光社参を邪魔だてするのが精一杯のことで、御老中に手をかけるなど……あってはならない、いや、そのようなこと、考えたくはないですな」

鳥居は言った。

水野は黙り込んだ。

すると、家来がやってきて、水野に耳打ちをした。水野は一瞬、目をむいたが、

「お通しせよ」

と、返事をした。

鳥居は同席を遠慮しようとしたが、

「構わぬ、そなたもおれ」

と、水野は引き留めてから、

「飛鳥小路卿が訪ねてこられた」

と、告げた。

「飛鳥小路中納言さま……」

意外な来客に鳥居は訝しんだ。

水戸徳川家の大事業、『大日本史』編纂のため水戸家上屋敷に逗留《とうりゅう》する公家……。

ひょっとしてお蔭参り騒動に一枚噛んでいるのだろうかと水野も鳥居も勘ぐった。関係があるかないかはともかく、水野を訪問する意図がわからず不気味である。

やがて、飛鳥小路政智がやってきた。

立《たて》烏帽子を被り、白の狩衣《かりぎぬ》と紅色の袴に身を包んだ政智を水野は丁重《ていちょう》に迎え、上座《かみざ》に据えた。歳若く、いかにも公家らしい風雅な容貌《ようぼう》ながら、水戸斉昭と同格、従三位権中納言の威厳《いげん》を漂わせている。

鳥居は部屋の隅で控えた。

「水野さん、お忙しいのに、おおきに」

政智ははんなりとした京言葉で語りかけた。

「このような武骨な屋敷を訪問してくださり、恐縮です」

さすがの水野もへりくだった。

「いやいやどうして、風流を解《かい》しておられますわな。水野さんは、京都所司代《きょうとしょしだい》をお務めでしたな」

「十七年前の文政九年（一八二六）から二年程、務めました」

辞を低くして水野は答えた。

「えらい名所司代やったと、御所で語り継がれておりますよ」

政智の賛辞を皮肉と受け止め、水野は苦笑いを浮かべた。

政智は鳥居に視線を向けた。

「鳥居さんですか」

「南町奉行、鳥居甲斐守にござります」

鳥居は背筋をぴんと伸ばし、両手をついた。

「都にも鳥居さんの評判は届いてますぞえ。辣腕《らつわん》の御奉行さんやそうですな。水野さんの右腕やそうやないですか」

政智は言ってからおかしそうに声を上げて笑った。「ヒョウヒョウ」という奇妙な笑い声だ。鳥居は当惑して、

「何かおかしいのでござりますか」

不満を胸に抱きながら問いかけた。

「こら、すみません。あまりにおもろうて……」

まだ笑い声を止められず、政智は目に涙を溜めて詫びた。「ヒョウヒョウ」という笑い声が部屋中に響き渡る。不快感を通り越し、気味悪さが漂った。水野も鳥居も口をつぐみ、笑い声が止むのを待つ。

政智は笑いを我慢し肩を震わせつつ、

「いやあ、妖怪やいうて耳にしてましたんでな、そらもう、恐ろしい面相《めんそう》か、それとものっぺらぼうかいなと思っていましたのや……それが直《じか》にお目にかかってみると……ああ、ヒョウヒョウ……すみません……ちょと期待外れやったんですわ。不細工《ぶさいく》やが、ちゃんと人の顔やおまへんか」

江戸の町人たちが聞いたら快哉の声を挙げそうな、無遠慮な侮辱を政智は鳥居に浴びせた。悪びれもしないふてぶてしい青年公家に、鳥居は苦笑するばかりだ。

「いやいや、ほんま、百聞《ひやくぶん》は一見《いつけん》にしかずですわな。なあ、水野さん」

人を食ったような調子で政智は水野に語りかけた。

百聞は一見にしかずは、よくあることですと、水野はいなし、

「水戸家の御用で御多忙な飛鳥小路卿がわざわざいらっしゃいましたのは、何故でござり

ますか」

と、慇懃《いんぎん》に問いかけた。

「他でもない、お蔭参り騒動についてですわ」

ずばり、政智は答えた。

二人にとっての最大の関心事を持ち出され、水野も鳥居も身構えた。

「そない、怖い顔をせんといてくださいな」

政智は扇子《せんす》を取り出し、右手に持った。

「水野さんも鳥居さんも、お蔭参り騒動の黒幕は水戸の斉昭さんやと思うていますやろ」

抜け抜けと政智は問いかけた。

水野は横目で鳥居を見た。鳥居は政智に向き直った。

「中納言さまにあられては、斉昭公への疑念を晴らそうと水野さまをお訪ねになられたのですか」

鳥居の問いかけに、

「その通りですわ。あんた方に疑われては、斉昭さんはえらい迷惑やと、わたしは勝手ながら誤解を解いておこうと思って出向いてきたのですわ」

政智は表情を引き締めた。

鳥居の顔が陰気に歪んだ。

「畏れ多くも将軍家の日光社参に嫌がらせをするため、お蔭参りを扇動する輩ども、考えたくはありませぬが、そ奴らの背景には尊王思想が絡んでおるのではないでしょうか」

言葉を選びながら鳥居は遠回しに水戸家への疑念を口に出した。

「尊王の家、水戸さんを疑うのですわな」

はっきりと政智は返した。

ここで水野が口を挟んだ。

「飛鳥小路卿、本日は斉昭公の御意向でいらしたのですか」

政智は水野に視線を移した。

「斉昭さんの依頼を受けたわけではありません。わたしの、一存でやってきました」

水野はすっかり政智に呑まれてしまった。

「水戸家は関わっておられぬと、そのこと、しかと間違いないのですな」

水野は念押しをした。

「無関係ですわ」

きっぱりと政智は断じた。

「お話はよくわかりました」

水野は一礼をした。

用向きは承ったと水野は暗《あん》に告げた。早々に帰ってもらいたいのだ。

ところが鳥居が口を挟んだ。

「それは、どのような根拠でおっしゃるのでございますか。失礼ながら自信がおありのようですが」

水野は嫌な顔をした。

対して政智は柔らかな笑みを浮かべて答えた。

「わたしは、今回の騒動の黒幕を知っているのですよ」

「まことでございますか」

鳥居は半身を乗り出した。

「嘘をつきにわざわざ水野さんを訪ねるわけ、おまへんわな」

政智はわざとらしく、「おほほほほ」といかにもお公家さん笑いをした。「ヒョウヒョウ」という薄気味の悪い笑い声よりはましだが、不愉快な点に違いはない。

「何者でございますか」

意気込んで鳥居は問いかけた。

「伊勢夢想斎……」

政智は水野と鳥居を交互に見た。

「それは何者でござりますか」

鳥居の目がどす黒く淀んだ。

「お伊勢さんの御師を束ねておる修験者です。噂では、前回のお蔭参り騒動の陰にも伊勢夢想斎の動きがあったとか」

「何故夢想斎なる修験者は、そのようなことを……」

鳥居は水野と顔を見合わせた。

「奴らは、世間を騒がせて、それで喜んでおるのです。性質《たち》の悪い者どもなのですよ」

「世間を騒がせるのが好きとは、性質が悪いにも程があります。奴らは何の利も求めぬのですか。たとえば、公儀を転覆するなどという夢物語を抱いてはおらぬのですか」

鳥居の突きでたおでこが鈍く光った。

「鳥居さんには夢物語に思えるでしょうなあ。奴らは世間や公儀を騒がせ困らせ、ほんで天下を引っくり返そうとしているかもしれまへんな……いや、そら大袈裟やが、公方さんの日光社参が中止になるくらいの騒動を企んでるのかもしれんわなあ」

政智は扇子を開いたり閉じたりを繰り返した。不穏な政智の話を咀嚼するように黙った後、

「飛鳥小路卿はどうして夢想斎を存じておるのですか」

あくまで冷静に水野は問いかけた。

鳥居も興味津々の目を向けた。

「夢想斎とは都でたびたび顔を合わせております。夢想斎はわたしの屋敷に所蔵される有職故実の書物を筆写しておったのです」

飛鳥小路家は有職故実に携わり、深い造詣があった。夢想斎は、朝廷と伊勢神宮に関わる書物を借り、筆写したのだそうだ。

「その知識を自らの企てに利用しようとしたのです」

政智は言ってから、不意に鳥居に視線を投げ、

「鳥居さん、夢想斎一味を捕縛《ほばく》してください」

「夢想斎一味の所在をご存じなのですか」

鳥居は半信半疑の様子である。

「わたしを訪ねてきました。何処に滞在しておるのかは聞きませんでしたけど……」

夢想斎は江戸でお蔭参り騒動を起こす際にも政智を訪ねてきたのだそうだ。

「お待ち下さい。そもそも夢想斎は、どんな書物を筆写し、どんなことを飛鳥小路卿に学ぼうとしたのですかな」

帰って欲しいはずだったが、思わぬネタを提供され、水野は政智への関心を呼び起こされた。

「錦の御旗に関することですな」

政智は言った。

「錦の御旗……とは、帝《みかど》の軍勢が掲《かか》げる御旗でござりますな。錦の御旗を掲げる軍勢は官軍《かんぐん》。賊軍《ぞくぐん》を討伐する上でこれ以上の権威はござらぬ」

鳥居が返すと、

「さすがは鳥居さん。ようご存じですな。そうや、鳥居さんは林大学頭《はやしだいがくのかみ》さんのご子息、よう、日本の歴史を学んでおられますな」

政智に賞賛を受け、鳥居は体裁悪そうに目を伏せた。

四

「日本の歴史に造詣ある者なれば、錦の御旗を存じておりましょう。わざわざ、飛鳥小路卿に教えを乞うこともないと思うのですが……」

水野は疑問を投げかけた。

「もっともな問いでありますな。いかにも錦の御旗に関しましては、南北朝の歴史を紐解《ひもと》けばわたしに教えられるまでもなく、わかります。どのような形状なのかを絵に描いてある史料もございますな。夢想斎とて、錦の御旗の絵柄や由緒は存じておりました」

政智はすらすらと答えた。

「では、何故……」

鳥居は首を傾げた。

「夢想斎は、真実の錦の御旗を知りたがったのです」

おごそかに政智は言った。

「真実の錦の御旗……」

鳥居は首を捻った。

「それらの史料にある錦の御旗は真実ではないと申されるのですな」

水野が念を押した。

「その通りです」

政智が返事をすると、

「真実の姿とはどのようなものだったのですか」

鳥居は好奇心に駆られたようだ。

「それは、軽々には申せませぬな」

政智は扇子を左右に振った。

「それはそうでござりましょうな。失礼を申し上げました」

傲岸不遜を絵に描いたような鳥居が小さくなった。

「飛鳥小路卿は水戸さまの『大日本史』編纂に協力をなさっておられるのですな。『大日本史』には真の錦の御旗が記されるということでございましょうか」

水野の問いかけに、

「その通りですな」

政智は答えた。

「夢想斎は真実の錦の御旗を知って、自分で作り、それを掲げようと考えておるのですか」

鳥居が興奮気味に聞いた。

「そのようですな。ですから、わたしは、教えられないと断りました。しかし、夢想斎はわたしの知らぬ間に、水戸屋敷から錦の御旗を盗み出したようなのです」

政智は不穏なことを言った。

「史料を、ですか」

鳥居は半身を乗り出した。

「真実の錦の御旗ですよ」

「錦の御旗を江戸に持ってこられたのですか」

鳥居は口をあんぐりとさせた。

「はい」

『大日本史』編纂に役立てようと持参しました、と言った。

ここで政智が、

「鳥居さん、錦の御旗を取り戻してくださいな」

と、鳥居に向いた。

「は、はい」

反射的に鳥居は頭を下げた。

政智は水野に向き直り、

「水野さんは、錦の御旗を夢想斎のような悪党が手に入れたとしても、どうなるものでもないと高を括《くく》っておられるでしょうな」

水野は一瞬の躊躇いの後に、

「いかに、錦の御旗を掲げようとも賊徒は賊徒、天子さまの軍勢となれるはずはござらぬ。

もし、夢想斎一味が江戸市中を騒がせるとしたなら、南北町奉行所、火盗改《かとうあらため》、それで足りぬのなら、公儀より軍勢を繰り出して捻り潰すだけでござる」

と、胸を張った。

政智はうなずき、

「ごもっともですな。夢想斎一味、いかに手強《てごわ》いといえど、公儀からすれば蟷螂《とうろう》の斧《おの》に過ぎぬ、かつての大塩平八郎《おおしおへいはちろう》の如く、たとえ江戸中を騒がせても簡単に鎮圧《ちんあつ》できるとお考えなのでしょうな」

「水野さまの申される通り、不肖《ふしょう》鳥居めは南町の捕方《とりかた》を率いて、鎮圧に当たりますぞ」

鳥居は目をむいた。

「おお、それはそれは、頼もしいですな」

政智は扇子を広げ、鳥居をぱたぱたと扇《あお》いだ。鳥居はすまし顔で、

「お任せください」

と、胸を張った。

政智は扇子を閉じ、

「鳥居さんの意気込みはわかりますが、それで安心はできませんわな」

と、一転して顔を曇らせた。

鳥居は首を傾げる。

「錦の御旗にはそれはもう、とてつもない力があるのですわ。霊力ですわな……掲げればその軍勢は敵なし……」

大真面目に政智は言った。

「霊力とは……」

鳥居はうろんなものを見るような目をした。

「錦の御旗には後醍醐帝の怨念《おんねん》が込められておるのです」

「後醍醐帝……」

鳥居は目をしばたたかせた。

「後醍醐帝の怨念が込められた錦の御旗は南朝に受け継がれたのです」

南朝の皇統《こうとう》は絶えたとされているが、地下深く脈々と受け継がれているのだそうだ。水戸徳川家は光圀以来、『大日本史』編纂に当たって南朝の皇統を正統としている。このため、政智はわざわざ南朝所縁の真実の錦の御旗を水戸家に持参したのだ、と語った。

水野が、

「拙者、後醍醐帝を貶めるつもりは毛頭《もうとう》なく、そのお力を疑うものではござらぬが、それにしましても一振りの旗によって無敵の軍勢となるというのはいかがなものでしょうな」

と、落ち着いて問いかけた。

「ごもっともなる疑念でござりますな」

政智はうなずく。

鳥居もこちらを見た。

「いかにも、いかに後醍醐帝のお力が宿っておるとはいえ、旗は旗です。ですがな、その旗の下に集まる者たちによっては天下を揺るがす軍勢になりますのや」

「夢想斎の下に馳《は》せ参じる者がおると」

鳥居は目をむいた。

「夢想斎の下ではない！」

強い口調で政智は否定した。

水野も鳥居も仰け反った。

「錦の御旗の下に集まるのです」

凜と声を放ち、政智は言った。

「錦の御旗の下に集まるとは、公儀に叛旗《はんき》を翻《ひるがえ》す者が溢れ出てくると申されますか」

鳥居は危ぶんだ。

「鳥居さん、考え違いをせんでくださいな。よろしいか、錦の御旗ですわ。錦の御旗に逆《さか》らう者が賊徒というものです」

釘を刺すように政智は言った。

「な、なんと……」

鳥居は絶句した。

「飛鳥小路卿は、夢想斎が錦の御旗を掲げれば馳せ参じる大名がおるとお考えか。そして、その筆頭が水戸家であると。あ、いや、夢想斎と斉昭公は無関係でしたな。これは失礼申しました」

現実家の水野は夢想斎一統の勢力を推し測りたいようだ。

「斉昭さんも水戸家もいくら尊王心が厚くとも、錦の御旗が掲げられようが、伊勢夢想斎などという怪しげな者の企てに同調など致しませぬが、さて、他の大名家はどうでしょうな。中には乗せられて馳せ参じる大名が出るやもしれませぬわな。たとえそれが小大名一人でも江戸は混乱する……大塩平八郎の時の大坂よりも大勢の者が死に、家屋敷が焼けますなあ」

政智は危機をあおり立てた。

「中納言さま、ただちに夢想斎より旗を奪い返しましょう」

焦《あせ》りを滲《にじ》ませ鳥居は言った。

「是非《ぜひ》にも奪い返さねばなりませぬが、奪い返すに当たりましては、何よりも御旗を守るのを優先させてもらいたいのですわ。つまり、夢想斎を捕縛しようと焦るあまり、御旗が傷ついたり、燃えるなどという事態は絶対に避けてもらいたいのです。よろしいな」

政智は目を凝らした。

「お任せください」

鳥居は声を励ました。

「鳥居さんや南町の捕方を疑うわけやないですが。夢想斎は恐ろしい術を持っておりますわ。無事に御旗を奪うのは至難《しなん》でありますぞ」

惑わすようなことを政智は言った。

「いかな秘術を持ちましょうが、夢想斎とて生身《なまみ》の人であります。いや、たとえ夢想斎が妖怪、魑魅魍魎《ちみもうりょう》の類であろうと、捕縛し、錦の御旗を奪い返してみせます」

鳥居は意気込んだ。

「頼もしいことや」

政智は何度もうなずく。

「飛鳥小路卿、御手助けお願い致す」

水野は頭を下げた。

「わたしにできることならやりますわ。ほんでもなあ……果たして、南町の捕方だけで夢想斎を捕縛できるのか……やっぱり心配やなあ」

京言葉をまじえ、政智は憂鬱《ゆううつ》を深めた。

「やりましょうぞ」

鳥居は勇み立った。

「くれぐれも申しますが、錦の御旗を取り戻すことが肝要《かんよう》です。極端に申せば、夢想斎を取り逃がしたとしても、御旗を取り戻すのを優先させてください」

政智は釘を刺した。

「重々、承知致します」

鳥居は語調を強めた。

「それで、水野さん」

ここで政智は水野を見た。

水野はこの奇妙な公家にすっかり調子を乱されてしまっている。

「何でござりましょう」

「千両を用意してください」

またも意外な申し出を政智はした。

「千両……」

　意図を計りかね、水野は鳥居を見た。

　鳥居も目をぱちくりとしている。

「錦の御旗を取り戻すのに使うのですわ」

　政智は言葉足らずを補ったつもりだが、水野と鳥居は混迷を深めるばかりだ。

「まさか、身代金というわけですか。それなら、夢想斎は金目当てで錦の御旗を奪ったということになりますな。そもそも夢想斎には、公儀に叛旗を翻すなどという大それた目的などはなかったということですか」

　政智の意図が読めず、鳥居が捲し立てた。

「鳥居さん、そう先走らないでくださいな。身代金とは違います。わたしは、夢想斎の手下を金で釣ろうと思っておるのです。千両はその軍資金ですわな」

「中納言さまの間者《かんじゃ》に仕立てるのですか」

「間者という程の確かなものと違いますが、金次第で転ぶような輩ですわな。そいつに、錦の御旗の所在を報させるのです。前金、百両、無事に御旗が戻ったら四百両というわけですわ」

「それでは五百両で事足りるではありませぬか」

鳥居が素早く勘定すると、

「残りの五百両はわたしの手間賃です」

当然とばかりに政智は言った。

水野と鳥居は呆気に取られてしまった。そんな二人に、

「あのなあ、わたしら公家はあんたら武家と違うて貧しいのや。ほんでも、わたしは中納言やで。水戸の斉昭さんと同格や。水野さんは老中さんやよってに、斉昭さんと対面できるやろう。そやけど、鳥居さん、あんたは高々《たかだか》町奉行の分際や、従五位《じゅごい》下甲斐守に過ぎんのや。斉昭さんと同席することなんぞ、できへんやろう」

一転して高圧的な物言いで政智は言い放った。

鳥居は額に汗を滲ませ、畏れ入った。

「その中納言のわたしが五百両くらいの金を手間賃に受け取ったとしても、何にも悪いことないわな」

自分勝手な理屈を振りかざし政智は水野と鳥居を煙《けむ》に巻いた。

鳥居は黙り込んだ。

水野が、

「水戸さまは、御存じなのですか」

と、遠慮がちに問いかけた。

「斉昭さんにはこのことは言うてまへん。どうして、水野さんに話を持ってきたのか、よう、考えてみてくださいな。水野さん、斉昭さんに貸しが作れるのと違いますか。錦の御旗が奪われたのは水戸家の失態や。御旗をあんたと鳥居さんが取り戻したら、斉昭さんも恩に着ますがな。公儀の政に口を挟むのをしばらくは慎《つつし》むやろう。たとえば、日光参拝は軍装にて行えとか日光で訓練せよとか……」

政智は扇子を広げ、口を覆って、「ヒョウヒョウ」と笑った。

水野は苦笑した。

「そういうことや。なら、千両、もらいまひょか」

改めて政智は水野に求めた。

「今ですか」

どこまでも型破りな政智に水野はすっかり気圧された。

「善は急げや」

当然のように政智は言った。

水野は家臣を呼び、千両を用立てるよう命じた。鳥居は嫌な顔をしている。

やがて、紫の袱紗《ふくさ》に包まれた小判で千両が三宝《さんぽう》二つに乗せられて運ばれてきた。それを政智は確かにと言って、両袖に入れた。水戸屋敷まで警固の者をつけるという水野の申し出を政智はやんわりと断った。

駕籠に乗って水戸藩邸まで戻るそうだ。

「ほな、錦の御旗の所在がわかったら、鳥居さんに報せるよってに、しっかりと捕物の支度をしておいてくださいよ」

念を押してから政智は立ち上がった。

五

政智が立ち去ってから水野と鳥居は顔を見合わせ、二人とも苦虫を嚙みつぶしたような顔になった。

ため息を吐《つ》いてから水野が言った。

「飛鳥小路卿、何とも摑みどころのないお方であるな。まるで、平安《へいあん》の都に棲《す》んでいた鵺《ぬえ》のような……おお、そうじゃ、あの薄気味悪い笑い声、『平家物語《へいけものがたり》』に書かれた鵺のようじゃ」

「鵺中納言ですか」

鳥居は苦笑した。

「妖怪にとって、相手に不足はあるまい。公儀の敵に回る気はないようだが、もし、牙をむいたのなら、源頼政《よりまさ》公よろしくわしが退治《たいじ》してやる」

珍しく水野は軽口を叩いた。源頼政、すなわち、源三位《げんざんみ》頼政の鵺退治伝説は語り継がれ、この時代でも錦絵になっている。

鳥居は思い詰めたような顔になり、

「鵺中納言さまに言いくるめられてしまいましたが、果たして夢想斎の所在、わかるのでしょうか」

「乗りかかった舟だ。鵺中納言さまを信じるしかあるまい」

「夢想斎と水戸さまが繋がっていないということは確かなようでござりますな」

鳥居は目をしばたたいた。

「夢想斎を捕縛するまでじゃ」

「残念な気がしますな」

鳥居は言った。

「夢想斎を操るのが斉昭公であった方がよかったと申すか」

水野もにんまりとした。

「水野さまもそうお思いでござりましょう。夢想斎を使って将軍家日光社参を邪魔だてしたとなれば、水戸家処罰の絶対的な大儀となりますからな」

鳥居の目がどす黒く濁《にご》った。

「そう考えれば残念であるが……」

水野は微笑《ほほえ》んだ。

「鵺中納言さまをうまく利用し、夢想斎と水戸さまが繋がっているような絵図を描ければよろしいかと思います」

鳥居もにたりと笑った。

「妖怪が勝つか鵺が勝るか。じゃがな、あの鵺中納言さま、一筋縄ではいかぬお方ぞ。そなたの悪知恵をもってしてもな」

水野はおかしそうに笑った。

六

政智は水野屋敷を出ると、駕籠に乗り、日本橋《にほんばし》にまでやってきた。

そこで真中と待ち合わせる。

駕籠から下り、政智は両袖から千両の袱紗包みを取り出し、

「真中さん、預かっておいてください。千両入ってます」

と、真中に手渡した。

「あ、いや、このような大金、わたしは持ちつけませぬので」

受け取ったものの、真中は躊躇った。

「なに、たったの千両ですわ。大したことありませんがな」

涼しい顔で政智は右手をひらひらと振った。

真中は千両という額に責任を感じ断ろうとしたが、政智はお構いなく袱紗包みを真中に押しつけた。ずしりとした重みを感じながら、

「これは何の金ですか」

真中は戸惑った。

「水戸藩邸から錦の御旗が盗まれました。わたしが都から持参した帝の軍勢を示すありがたい御旗です。それを奪ったのが夢想斎です。水野さんと鳥居さんに会って夢想斎から御旗を取り戻すよう頼んだのです。ほんで、夢想斎の居場所は私が夢想斎の配下を手なずけて探ると請け合って千両を巻き上げたんです。真中さんも御旗を取り戻すの、手伝ってくれますな」

政智は弁舌爽やかに説明した。事情が分かり、

「確かにお預かり致す」

と、真中は一礼した。

それから、

「して、夢想斎の配下とは連絡がついたのですか」

と、問いかけた。

「もちろん、ついてますがな」

「何処ですか」

真中は再び問いかけた。

「ついてきなはれ」

政智はすたすたと歩き出した。


政智が案内したのは、先だって直しを飲んだ上野の安酒場である。真中は思わず身構え、千両を守った。下世話な酒場に立烏帽子、狩衣《かりぎぬ》姿の貴公子は際立って浮いている。

それでもお構いなく、

「直しをもらいまひょか」

政智は真中の分も直しを頼んだ。

すると、先日言いがかりをつけたやくざ者が入ってきた。右頬に縦に傷が走った男だ。

「武吉、こっちや」

政智は武吉を手招きした。

真中が戸惑いの目をすると、

「武吉は、夢想斎の手下ですわ」

政智の言葉に武吉はぺこりと頭を下げた。

「それはよいのですが、先だっては中納言さまに乱暴を働いたではありませぬか」

真中は問うた。

「そんなこともあったな。ま、こいつは便利な男ですわ。金次第で誰の味方にもなりますからな」

政智は扇子で武吉を指した。

「そんな……それじゃああっしが、まるで節操がないみたいじゃないですか」

武吉は頭を掻《か》いた。

「ほんまの話や。おまえはええとこ付きしよるわ。ま、それは、ええとして、錦の御旗と夢想斎の居所、わかったのかいな」

政智は聞いた。

「わかりましたぜ。今夕にも案内しますよ」

武吉はへへへと笑った。

「ほんなら、前金やな」

政智は真中から袱紗包みを受け取り、二十五両の紙包み、すなわち切り餅を四つ武吉に手渡した。

「すんません」

武吉は頭を下げた。

そこへ、五郎八茶碗に入れられた直しを主人が運んできた。不愛想な主人は切り餅を見て驚いたが、公家と武家とやくざ者という取り合わせに不穏なものを感じたようで、関わりを避けるようにそそくさと調理場に戻った。

真中は政智との次の待ち合わせを約束してお勢の家にやってきた。

稽古所の格子戸が開け放たれ、覗くと見知らぬ女が手拭を姉さん被りにして払塵《はたき》を掛けている。真中と目が合うと、頭を下げた。真中も一礼したところへお勢がやってきた。

「お勢どの……」

真中は女を流し見た。

「お民さんといってね……」

お勢はお民と正太が下野の壬生村から寛太を探しにやってきたこと、義助が母子に同情して寛太探しに奔走している経緯をかいつまんで語った。

「それで、今日も義助さん、正太を連れて御屋敷回りをしているわ」

お勢の話を聞き、

「いかにも義助らしいですな」

真中は何度も首を縦に振った。

「それはそうなんだけど……」

お勢は憂いを示した。

「いかがされました」

真中は首を傾げた。

「取り越し苦労でなければいいんだけど、義助さん、お民さんと正太への同情が過ぎて、辛いことになりはしないかって、わたしは心配なのよ」

「同情が過ぎるとは、義助が正太との関係を深め、かりに寛太が見つかったら、正太との別れが辛くなるということですな」

「正太との別れもそうだけど……」

お勢はそっとお民に視線を向けた。

真中はお勢の視線を追い、

「……義助はお民に懸想《けそう》しておるのですか」

思わず声が大きくなってしまい、口をつぐんだ。

「思い過ごしだったらいいんだけどね」

と、言ってからお勢は真中に用件を尋ねて、

「まあ、上がってくださいな」

と、母屋へ向かった。

母屋の居間で、

「お勢どの、預かって頂きたいのです」

真中は袱紗包みを差し出した。

「九百両あります」

「まあ……ずいぶんと大金だこと」

お勢は目を丸くした。

真中は飛鳥小路政智という公家の用心棒になったこと、政智の人となり、九百両を預かった経緯を話した。

「飛鳥小路さまって、何だか癖《くせ》のあるお公家さまね」

お勢は政智への警戒心を呼び起こしたようだ。そこへ外記がやってきた。今日も外記は素顔である。

改めて真中は政智との経緯を話した。次いで、お勢がお民と正太の最近の様子について話したが、義助がお民に恋情を抱いているかもしれないとは言わなかった。

外記は義助の行動には理解を示したものの深くは立ち入らず、

「飛鳥小路卿、水野と鳥居を手玉に取るとは中々やるものではないか」

と、政智の動きに痛快だと賛辞を送った。

「飛鳥小路さま、本当の狙いは何でしょうか」

真中は政智という公家に不気味さを覚えると言い添えた。

「飛鳥小路卿が手なずけた男が夢想斎と錦の御旗の所在地に案内してくれるのだな」

外記は念押しをした。

「今夜、わたしも一緒に乗り込むことになっております」

「それは、扇屋の寮ではないのか」

「扇屋の寮とは……」

　真中が首を傾げると、外記は根津権現裏手にある扇屋の寮で夢想斎と御師たちを見た経緯を話した。話を聞き終えて、

「おそらくは、扇屋の寮だとは思いますが、果たしてどうなのでしょう」

　判断に迷うと真中は言い添えた。

　ここでお勢が、

「その錦の御旗って、そんなにも凄い旗なのかしら」

　素朴《そぼく》な疑問を投げかけた。

「後醍醐帝所縁《ゆかり》の旗、正真正銘の錦の御旗ということですからな」

　大真面目に真中は答える。

　外記が、

「水戸徳川家は光圀公以来の尊王の家柄、特に後醍醐帝と南朝の忠臣を敬ってきた。後醍醐帝所縁の御旗を奪われたとあっては、これ以上の恥辱はないと悔しがっておられるはず。となれば、水戸家が動いてしかるべきであるが、水戸家はいかに対処しておるのだ」

　外記の問いかけに、

「藤田さまは手を尽くしておられるようです。おそらくは、飛鳥小路中納言さまにご一任

なさっておられるのかもしれませぬ」

　真中の推測に、

「そうかな。それでは水戸家の面目は立たぬではないか」

　外記は納得できないと言い添えた。

「確かに飛鳥小路さまと水野、鳥居に貸しを作ってしまいます。斉昭公は政に口出しするのを無上の喜びとしておられますから、水野には貸しは作りたくないはずですな」

　真中も言った。

「飛鳥小路卿という御仁、何か企んでいるとしても不思議はないな」

　外記はにんまりとした。

「父上、うれしそうだね」

　お勢は言った。

　すると、

「御免《ごめん》くださいな」

　玄関で声が聞こえた。

　真中がおやっとなり、

「噂をすれば何とやら……飛鳥小路さまです」

と、言ってからどうしてここにやってきたのだと訝しんだ。それでも、応対に出ようとしたお勢を制し、真中は玄関に向かった。

第四章　錦の御旗

一

政智が立っていた。

すらりとした狩衣姿の政智は公家の典雅《てんが》さを発散している。真中を見るなり、

「失礼を承知で真中さんをつけてきましたのや」

悪びれもせず政智は言った。

戸惑いながらも真中は政智を玄関に上げ、居間に案内した。居間に入ると政智はちらっと外記を見る。真中が、

「青山どのです。こちらは青山どのの御屋敷です」

と、外記を紹介した。

「よろしゅうに」

偉ぶることなく政智は挨拶をした。

外記は御家人青山重蔵だと名乗り、一礼した。次いで、お勢を紹介した。妾腹の娘で常磐津の師匠をしていると説明を加える。お勢は丁寧にお辞儀をした。

「さようか、常磐津の師匠さんですか……お勢さん、そら、是非とも三味線を聴かせてくださいな」

無遠慮に政智は頼んだ。

「ようござんすよ」

躊躇いもなくお勢は受け入れた。

この時、お勢の目がきらりと光った。外記はそれを見て、軽くうなずいた。

三味線睡眠。

お勢は三味線の音色を駆使し、相手に睡眠をかけて、本音を語らせる術を持っている。

飛鳥小路政智という得体の知れない公家が何を企んでいるのか、それを探り出そうというのだ。

真中もそれに気づき、期待の籠《こも》った目をした。

お勢は居間の隅に立てかけた中棹《なかざお》の三味線を手に取り、戻ってきた。政智は頬を緩めてお勢の前に座った。お勢は三味線を弾き、長唄《ながうた》の娘道成寺《むすめどうじょうじ》を唄い始めた。

「花の外には松ばかり～花の外には松ばかり、暮れそめて鐘や響くらん～」

艶《つや》のある声に、

「ええなあ～」

政智は感嘆の声を放った。

外記と真中は部屋の隅に移動した。お勢の声音が調子を帯び、それにつれて政智の表情が柔らかになってゆく。

お勢はそれを見て取って撥《ばち》をひときわ高く頭上に掲げた。

次いで、強く弦を鳴らし、

「飛鳥小路さまぁ」

色香《いろか》漂う目を政智に向けた。政智は「なんや！」と目をとろんとさせた。

お勢は思わせぶりに笑みを深める。

と、

「ああ、あかん！」

素《す》っ頓狂《とんきょう》な声を政智は出した。

思わずお勢は三味線の手を止めた。口を半開きにしてまじまじと政智を見る。

「無粋《ぶすい》ですまんが、辛抱たまらん」

と、厠の所在を聞いてきた。

お勢は白けた顔で厠を教えた。

政智は部屋から出ていった。

「もうちょっとだったのに」

悔しそうにお勢は顔を歪めた。

「何処までも人を食ったお公家さまだな」

外記は冷笑を浮かべた。

「ま、いいわ。戻ってこられたら、もう一度やればいいんだから」

気持ちを調えるためお勢は三味線を弾き、小唄を唄った。

「お勢、無駄だ」

外記は言った。

お勢は口を閉じた。

「見破っておったぞ」

外記は政智がお勢の企みを見破っていたのだと言い添えた。

「食わせ者のお公家さまだこと」

お勢は肩をそびやかした。

政智が戻ってきた。何事もなかったかのような、しゃあしゃあとした様子で、

「続きを聴かせてくださいな」

と、お勢に求めた。

お勢は娘道成寺を続けた。

「やっぱええな。江戸は長唄や」

惚けた顔つきで政智は言った。

ひとしきり、政智がお勢の三味線を堪能《たんのう》してから、

「錦の御旗、水戸さまは取り戻そうとしておられないのですか」

真中が問いかけた。

「わたしに一任しはったのですよ。ああ、そうや。真中さんの他に青山さんにも手伝ってもらいまひょか」

政智の依頼を外記は快く引き受けた。

「しかし、水戸さまも指を咥えて飛鳥小路さまに任せておるのをよしとはなさらないと思うのですがね」

真中は疑問を投げかけた。

「それだけ、わたしを信用してくれてはるのでしょう」

「そうかもしれませぬが……」

真中は言葉を濁した。

「真中さん、ともかくや、錦の御旗を取り戻したら、水戸さまに仕官できるかもしれまへんよ」

政智は誘いをかけてきた。

「わたしは水戸さまに召し抱えられようとは思いませぬ」

真中は毅然《きぜん》と言った。

「浪人暮らしがよろしいのか」

「まあ、その通りです」

「確かに気楽でええですわな。わたしも、旅をしている時が一番楽しい」

本音とも冗談ともつかない様子で政智は言うと、

「ほんなら、これで。お勢さん、また、三味線を聴かせてくださいな」

さっと政智は立ち上がった。次いで武吉から連絡がきたら真中に報せるからこの屋敷で待つよう告げた。見送ろうとするお勢を、「お構いなく」と断り、さっさと玄関から出ていった。

「ほんと、摑みどころのないお方ね。都のお公家さまって、飛鳥小路さまみたいな方ばっかりなのかしらねえ」

お勢は苦笑を漏らした。

飛鳥小路政智という得体の知れぬお公家さまの余韻《よいん》が去らぬ内に、義助がやってきた。

外記と真中に挨拶をしてから、今日も寛太は見つからなかったと肩を落とした。

「義助、人助けとは偉いぞ」

外記の褒め言葉も義助の元気を呼び起こすことはなく、深刻な表情のままだ。

「そう、陰気な顔をするな。そんなことでは見つかる者も見つからぬぞ」

外記が励ますと、

「おっしゃる通りなんですがね。根津界隈じゃ見つからないような気がして……するってえと、江戸中を探すってことになりますんでね。あっし一人で追いつくかどうか……それに、今、江戸は無宿人で溢れていますからね、田圃の中で針を探すようなもんで」

義助は苦悩した。

見かねたように真中が、

「寛太について詳しく話してくれ……あ、いや、探すのにかかり切りになるわけにはいかぬが、気をつけてみよう」

と、申し出た。

お勢も放っておけなくなったと言い、

「及ばずながら手伝うよ。そのためにね、人相書《にんそうが》きがあった方がいいと思って、春風さんを呼んであるのよ」

「そいつはありがてえや」

義助は手を打った。

「じゃあさ、正太とお民さんを呼んできてよ。もうそろそろ、春風さんが来るから」

お勢に促され、義助は勢いよく部屋から飛び出していった。

「惚れておるな」

外記はにんまりとした。

お勢と真中から視線を向けられ、

「義助はお民に懸想しておるのではないか」

外記は言った。

「父上、鋭いわね」

お勢に感心され、

「義助の様子を見れば一目瞭然だ。がはははははっ」

外記は爆笑した。

すると、格子戸が開き、

「春風です。上がりますよ」

と、玄関から声が聞こえ程なくして春風が姿を現した。絵筆と紙を持参し、顎髭を撫でながらふんわりと座り、

「お揃いですな」

と、満面に笑みを浮かべた。

「もうすぐ、探して欲しい人の身内が来るから、ちょっと待ってね」

お勢が言ったところで義助が正太とお民を連れてきた。

「みなさん、本当にありがとうございます」

お民は深々と頭を下げた。横で正太はきょろきょろとみなを見回した。つぶらな瞳は愛らしく、寛太と会わせてやりたいという気持ちを強くさせる。

「正太、ここにいるみなさんは、あっしのお得意さんだ。みなさん、好《よ》い人でな、おっとう探しを手伝ってくださるんだぞ」

義助が言うと、

「賢《かしこ》そうだな」

外記は正太の頭を撫でた。

正太はぺこりとうなずいた。

春風が絵筆と紙を調えて、

「小峰春風と申す。江戸では少しは知られた絵師だ。おじさんがおっとうの顔を絵に描くからな。どんな顔だったたか、できるだけ詳しく話してくれよ」

と、語りかけてからお民にも協力を求めた。

お勢が言葉を添える。

「急がず、ゆっくりでいいから、思い出してね。春風さんは腕のいい絵師だから、きっと、おっとうそっくりの絵を描いてくれるわ。それから、何枚描き損じても大丈夫だからね」

春風はにこにことして絵筆を構え、

「ならば、絵に描く前におっとうの特徴だな……眉や目や鼻の形、色黒か色白か、黒子《ほくろ》とか傷があったらそれも教えて欲しいな。顔だけではなく、背丈とか貫目《かんめ》、それに絵にはしないが、口癖とか口調とかもわかれば、絵の下に書き添えておく」

お民と正太はわかりましたと返事をしてから、

「おっとうの顔は眉が太くて鼻は高くて」

と、思いつくままに語り始めた。

それをお勢がやんわりと止め、

「まず、おっかさんと二人でじっくり話し合ってみたら」

「正太、お勢さんの言う通りにしよう」

お民も逸《はや》る正太を宥める。

正太はわかったと元気よく返事をしてお民と寛太について語り始めた。それを義助がやきもきしながら見守っている。何か役立つことはないかと、口を挟もうとするのをお勢が止めた。

義助もぐっと堪え、落ち着かない素振りで待ち構えた。やがて、お民から春風に寛太の特徴を伝えた。春風は丁寧に、一つ一つを確かめながらまずは紙に文を書き記していった。

お民が語った寛太は、背丈は五尺五寸（約百六十七センチ）、すらりとした細身、面長で色白、眉は薄く目も細い、鼻は高く、唇は分厚いということだ。特徴として右の耳たぶに黒子があるという。

それらを確かめ、春風は寛太の顔を絵に描いた。

描き終えた絵をお民と正太に見せる。お民が手に取り、正太と一緒に確かめる。

「鼻が違う……眉も何か変だ」

正太はお民に訴える。お民は丁寧な言葉遣いで春風に鼻と眉の形を伝えた。春風は微塵も嫌がらず二枚目を描いた。

今度は唇に注文がついた。

そうやって、描き直すこと五度目に、

「おっとうだ！」

正太が合格を出した。

お民も満足の笑みと共に感謝の言葉を春風に送った。春風は同じ絵をさらさらと十枚描いた。

「これで、おっとうは見つかるね」

正太は声を弾ませ、義助に向いた。

義助は寛太の人相書きを手に考え込んだ。

「どうしたの」

お勢が声をかけた。

「寛太さんの人相がはっきりしたんで、それは大きな助けになると思うんですがね……こりゃ、あっしの勘なんですが寛太さんは武吉さんを頼っているんじゃないかって」

義助が武吉の名前を出すと、みなきょとんとした。余計なことを言ってしまったかと悔いたが、

「武吉さんというのはうちの人が懇意にしていた方なんです」

と、お民が武吉について説明をした。

寛太は扇屋で菓子職人をやっていて、武吉に世話になったこと、武吉は博打で身を持ち崩したが腕を買われ布袋屋に雇われた経緯を語り、

「うちの人も武吉さんに誘われたんですが、生家の菓子屋を継ぐことになり、壬生に帰ったんです」

と、話し終えた。

真中が、

「武吉……まさか」

と、呟いた。どうしたのとお勢に聞かれ、

「いえ、何でもござらぬ」

と、政智への内通者武吉のことは口に出さなかった。

「寛太さんが江戸にやってきて、懇意にしていた者に会ったとしても不思議はありませんよ。いや、不思議じゃないどころか、広い江戸で一人過ごす内に懇意にしていた武吉さんに会いたくなるもんじゃありませんか。扇屋の旦那には会いづらいでしょうが、武吉さんには会いに行くんじゃないですかね」

という義助の考えを受け、お勢は返した。

「そういうことなら、寛太さんは布袋屋さんで働いているかもしれないね……違うか。根

津権現界隈の御屋敷に奉公しているって頼りがきたんだもの。布袋屋さんは神田明神さんの参道にお店を構えているね」

「寛太さんが布袋屋さんで働いているかも含めて、武吉さんに会おうと思って布袋屋さんを訪ねたんですよ」

「で、どうだったの」

期待を込め、お勢が義助に問い返した。

義助は首を左右に振って、

「武吉さん、去年に布袋屋さんを辞めていました。どうやら、また博打が過ぎて店の金に手をつけて追い出されたようです。ですけど、寛太さんを探しながら武吉さんも見つけた方がいいと思うんですよ」

「うむ、義助の言うのにも一理あるな」

外記が賛同すると、

「わかったよ。武吉さんの人相書きも描こう」

春風が請け合った。

義助はお民を見る。

お民から武吉の人相が語られた。春風は寛太同様、武吉の特徴を聞き取ってから絵に描き始めた。

「十年の年月が経ち、面変わりがしておるだろうが……」

春風は十年の歳月を考慮しながら描いてゆく。はっとしたように両目を見開き、お民が言い添えた。

「右の頬に刃物の傷があるはずです」

お民は自分の右頬を指で縦になぞった。

扇屋を首になる直前、借金の取り立てに来たやくざ者に匕首で斬られたそうだ。

春風は右頬に傷を描き加えた。

「武吉だ」

真中が言った。

「さっきから何……言いたいことがあったら、はっきり言ってよ」

お勢は非難めいた目を真中に向けた。

おもむろに真中は武吉が夢想斎の一味であり、政智が手なずけた男だと説明した。

外記が、

「思わぬところで繋がったものだ。武吉は扇屋から布袋屋にゆき、また、扇屋に戻ったということだ。いや、違うな。扇屋と関わる御師たちの仲間に加わったと言うべきだ。当然、扇屋門左衛門は承知のことだろう。承知の上で武吉を抱き戻したということは、門左衛門にはどんな狙いがあるのだろうな……」

と、語るとお民の顔が不安に彩られ、

「うちの人、何やら怖いことに巻き込まれているのでしょうか」

表情を強張《こわば》らせた。

正太もお民の動揺ぶりにつぶらな目を白黒とさせた。

「大丈夫だよ。おっとうは悪い奴らとは関係ないさ」

義助が気遣った。

「ほんと」

正太は幼《おさ》な心を痛めているようだ。

外記が正太に微笑みかけ、

「おっとうを信じるのだ。おっとうは正太やおっかあを悲しませるようなことはするまい。正太やおっかあのために江戸に働きに来たのだからな」

続いて義助も、

「そうだぞ。もうすぐおっとうに会えるんだ。おっとうに会えば、悪いことなんかしていないってわかるさ」

力強く励ました。

「そうだよね、おっかあ」

気を持ち直し、正太はお民に語りかけた。

「そうよ。おっとうが悪いことなんかするわけないわ。おっかあが馬鹿だった。心配することなんかないの」

お民も笑みを広げた。

ここで真中が、

「ともかく、今夜、飛鳥小路卿と一緒に夢想斎の塒《ねぐら》に行きます。その際には、武吉に寛太のことも確かめます。ひょっとしたら、武吉と一緒にいるかもしれません」

と、言った。

すかさずお勢が、

「そうだったらね、真中さん、寛太さんを連れてきてね」

「むろん、そのつもりです。必ず連れ帰りますぞ」

真中が約束したのを受け、

「真中さんはね、とっても強いのよ。何十人相手だろうが、あっという間にやっつけてしまうんだから」

お勢は正太に言った。

正太は頼もし気に真中を見た。

真中は困ったような顔をした。

二

一刻（二時間）後、政智が自らやってきた。

夢想斎の塒と錦の御旗の隠し場所は根津権現近くだそうだ。外記が、

「もしかして、扇屋の寮ですか」

と、尋ねた。

「いいえ、扇屋の寮ではありません。武吉によると、近くの稲荷《いなり》だそうです」

政智は南町奉行所の鳥居にも教えたそうだ。

「鳥居さんには、夜九つ（午前零時）に稲荷まで捕方を率いて来るように伝えておきました」

「わかりました」

真中は意気込んだ。

外記も真中も武吉のことは話題にしなかった。

政智と真中は武吉から教わった夢想斎の隠れ家にやってきた。

根津権現の裏手、扇屋の寮に程近い稲荷である。霞がかった夜空を月が彩り、春夜らしい艶めいた夜風が吹いている。月光を浴びた狩衣姿の政智は雅《みやび》な風情を漂わせていた。

真中は稲荷の前にある天水桶《てんすいおけ》の陰に隠れ、南町奉行所の捕方が来るのを待った。そこに、外記が先回りをして待っていた。外記は黒の小袖と裁着け袴に身を包んでいる。

夜九つの鐘の音と共に、鳥居耀蔵が捕方を率いて駆け着けた。馬上の鳥居は陣笠《じんがさ》を被り、火事羽織を重ね、野袴《のばかま》という捕物装束である。捕方は与力、同心に中間、小者《こもの》が加わり総勢三十人程だ。中間や小者は袖搦《そでがらみ》、刺股《さすまた》、突棒《つくぼう》、梯子《はしご》といった捕物道具を手に、鳥居の指示を待つ。

鳥居は馬を下り、政智に歩み寄って丁寧にお辞儀をして、

「ここでございますか」

鳥居は闇の中に沈む、稲荷に目をやった。

「そうです。行きますよ」

政智は境内に足を踏み入れた。そこで振り返り、

「大きな声を出してはなりませんぞ。気づかれたら一巻の終わりですからな」

政智は声を潜めて警告した。

「わかっております」

返事をすると鳥居は捕方に忍び足で進むよう命じた。もちろん、御用提灯《ごようぢょうちん》もなく、呼子《よぶこ》の使用も禁じた。

しずしずと進み、捕方は拝殿の前に至った。

「ここで、待っていてください。気づかれぬよう神楽殿の陰にでも隠れておいてくださいな」

政智は言い置くと沓《くつ》を履いたまま拝殿の階《きざはし》を昇った。

言われるまま鳥居は捕方を率いて神楽殿の裏手に回った。

政智は観音扉を叩いた。

武吉が出てきた。

「どうぞ、中へ」

武吉に言われ、政智は中に入った。

中では酒盛りが行われている。賽子賭博《さいころとばく》をしている者もいた。いずれもやくざ者に見受けられる。

「酒、どうですか」

武吉に勧められ、政智は断った。

「錦の御旗は何処ですか」

政智が聞くと、武吉は祭壇の背後に回り込み、御旗を持ってきた。

「大切にしておったわな」

政智は責めるような目をした。

「もちろんですよ」

武吉は言った。

政智はそれを受け取ると、風呂敷に包んで拝殿を出た。

すると、闇の中から大勢の男たちがやってきた。黒紋付に枯れっ葉のようによれた袴、伊勢神宮の御師たちである。

夢想斎もいた。

「これは、飛鳥小路中納言さま、奇遇ですな」

杖をつき、背中が丸まっているが夢想斎の声は凜としていた。

「ほんま、奇遇ですわな。ほんでもあんたに用はないですから、これで失礼しますね」

飄々《ひょうひょう》とした様子で政智は去ろうとした。それを、

「ちょっと、待ってください。それは何ですかね」

夢想斎は風呂敷包みを指差した。

「これ……錦の御旗ですよ。あんたが奪い取ったから返してもらいます」

けろっと答えると、

「それはできませぬな」

夢想斎は右手を挙げた。

御師たちが政智の行く手を阻む。政智は、

「鳥居さん、出番ですよ」

と、叫んだ。

神楽殿の裏手から鳥居に率いられ捕方が出てきた。

「おのれ、罠《わな》か」

夢想斎は政智の腕を摑んだ。

「放しなさい」

政智は手を振り払おうとしたが、

「放しませんぞ」

夢想斎は言葉通りがっちりと政智の腕を掴むと引き寄せた。政智を羽交い絞めにし、捕方と対する。両脇を御師が固める。彼らは匕首を手にしていた。

「中納言さまのお命がかかっておるのじゃぞ」

夢想斎は怒鳴った。

鳥居は夢想斎を睨んだまま動きを止めた。

「出ていけ！」

夢想斎は怒鳴った。

「わたしに構わず、悪党どもをお縄にしなさい」

政智は命じた。

「これは勇ましいお公家さまですな」

夢想斎は笑った。

「鳥居さん、早くお縄にしなさい」

政智は催促《さいそく》した。

迷いを吹っ切るように、

「かかれ！」

鳥居は叫び立てた。

同時に、

「不動金縛りの術！」

夢想斎は大音声《だいおんじょう》を発した。

鳥居と夢想斎に向かっていた何人かの捕方の動きが止まった。

鳥居たちは目を白黒とさせたが動けない。遠巻きになった捕方も鳥居の様子に驚き啞然《あぜん》として立ち尽くした。夢想斎は政智から風呂敷包みを奪い取り、中の布旗を取り出すと、

「錦の御旗じゃ」

と、掲げた。

縦長、赤地の錦に金糸で日輪と天照大神という文字が、銀糸で月が縫い取られていた。

捕方は息を呑み、手が出せない。

「頭《ず》が高いぞ！」

夢想斎は怒鳴った。

不動金縛りの術で動けない鳥居たちを除く捕方が平伏した。

「真中さん、助けてくだされ」

政智は大きな声を出した。

真中が飛び出そうとしたのを外記が引き留めた。

外記は境内に入り、夢想斎とは距離を置いてから、鳥居の背後に立った。次いで鳥居が振り返らないのを幸いに、腰を落とし丹田呼吸を始めた。右の掌を広げ前方に突き出し、左手は腰に添える。

小刻みに息を吸い、吐くことを外記は繰り返す。全身を血が駆け巡って外記の顔は紅潮し、双眸《そうぼう》が鋭い輝きを放った。

と、外記は右手を引っ込め腰を落とした。

次いで、引っ込めた右手を今度は何かを押すように突き出し、

「でやあ！」

腹の底から大音声を発した。

真夜中というのに陽炎が立ち昇った。

周囲の空間が歪む。

不動金縛りの術で身動きできない鳥居たち捕方を含め、夢想斎と政智も空間の歪みの中で揺れ動いた。

と、それも束《つか》の間《ま》のこと、見えない巨人に張り飛ばされたように、その場にいた者らが吹き飛んだ。

すかさず真中が走り、政智を抱き起こした。

「かたじけない」

政智は夢想斎から錦の御旗を奪い取るとそそくさと走り出した。

夢想斎は地べたに倒れたまま、

「追え！」

と、御師たちに命じておいて、何処へともなく逃げ去った。

鳥居は立ち上がり、

「一体、何が起きたのだ」

と、夢から覚めたような表情で呟いた。

捕方も寝惚け眼である。

「夢想斎はどうした！」

鳥居は怒鳴り立てた。捕方はおろおろとしながらも拝殿に向かった。階を昇り、拝殿の中に、

「御用だ！」

と、叫び立てながら雪崩《なだ》れ込んだ。

やくざ者が酒盛りをしていた。

「夢想斎は何処じゃ」

鳥居が問い詰める。

「ええっ……誰ですって」

答えたのは武吉であった。

「惚けるな」

鳥居は走り寄った。

「あっしら、ここで酒を飲んでいただけですよ」

「隠し立てをするか」

「しませんよ」

武吉は大きく手を左右に振った。

すると、天井から煙が湧いてきた。焦《こ》げ臭い。

「火事だぞ！」

武吉が叫んだ。

火の粉が舞い落ちてくる。

「焼け死にますぜ」

武吉が声をかけると捕方も浮足立った。武吉は逃げ出した。捕方も我先に拝殿から飛び出す。鳥居も、

「引け」

と、命じざるを得なくなった。

拝殿が燃え上がった。炎に鳥居の歪んだ顔が映し出された。

「おのれ」

歯嚙みをした。

まんまとしてやられた。それでも、逃げ遅れた御師たちを捕縛した。

夢想斎、許さぬ。

鳥居は夢想斎への復讐を心に誓った。


真中は政智を連れ、夜道を駆けた。

稲荷から離れ、お勢の屋敷の近くまで来ると政智は立ち止まった。

「まあ、ともかく、錦の御旗は取り戻せた」

政智は安堵した様子を見せた。

そこに夜空を焦がす炎が立ち昇った。拝殿が燃えている。胸に抱いた錦の御旗を広げた
政智の顔が歪んだ。

「これは……」

政智はこの錦の御旗は贋物《にせもの》だと言った。

そこへ、外記がやってきた。

「これは、青山さん。お手助けくださりありがとうございます」

丁寧に政智は礼を述べ立てた。

真中が取り戻した錦の御旗は贋物だったと伝えると、外記は唸《うな》った。

「夢想斎を捕まえんことには、本物の錦の御旗は取り戻せませんな」

政智は夜空を見上げた。

「武吉は何処におりますか」

外記が問いかけると、

「火事で焼け死んだかもしれへんな。死んでへんかったら、連絡《つなぎ》をつけてくるでしょう。あと四百両を欲しいでしょうからな」

政智は燃え盛る炎に視線を転じた。

寛太探索のためにも武吉が生きていることを外記は願った。

三

稲荷での騒動から二日後、水野は自邸に水戸斉昭の側用人藤田東湖の訪問を受けた。御殿客間に通された藤田は裃姿で威儀《いぎ》を正し、きりりとした顔つきで幕政を担う老中首座に臆せずに対面した。

「中納言さまにあられては、ご健勝《けんしょう》であらせられるかな」

鷹揚《おうよう》に水野は語りかける。

至ってお健《すこ》やかだと藤田は答えてから、

「水野さま、当家に対する誤解は解いて頂けましたな」

と、問いかけた。

水野は表情を変えず、

「はて、貴殿が申されることの意味がわからぬが」

藤田は穏やかな表情で、

「夢想斎なる悪党の黒幕は水戸斉昭公だと、お考えであられたのではありませぬか」

「夢想斎とは不届きにも上さまの日光社参に横車を押し、公儀の役人を殺《あや》めし、希代《きだい》の悪党でござるな」

涼しい顔で水野は問い返した。

「その希代の悪党を操るのは、斉昭公だと水野さまはお疑いなのではござりませぬか」

藤田は動ぜずに返した。

「誰がそのような戯言を……わしは、中納言さまを公儀にはなくてはならぬお方と尊敬しておるのだ」

語調を強め水野は言い放った。

「それは、心強いお言葉。斉昭公に伝えます。ですが、飛鳥小路中納言さまによりますと……」

「待て」

甲走った声で水野は藤田を制してから、

「飛鳥小路中納言さまは、わしが斉昭公を疑っておると申されたのか」

いかにも心外だと言わんばかりに水野は顔を歪めた。

「飛鳥小路中納言さまが根も葉もない虚言《きょげん》を弄《ろう》されるとは思えませぬ。そこには確たる裏づけがあったのではないでしょうか」

という藤田の主張に、

「飛鳥小路中納言さまが何を根拠に申されたのかは存ぜぬが、まこと、心外と申すよりないな」

水野は淡々と反論を加えた。

「間違いございませぬな」

藤田は念押しをした。

「武士に二言《にごん》はない」

確信に満ちた水野の答えに、

「ならば、そのこと、書面にしてくださりませ」

藤田は申し出た。

「なんじゃと」

水野は顔を歪めた。

「斉昭公はいたく立腹しておられます。ここだけの話、水越《みずえつ》の首を取るとまで息巻いておられますぞ」

水越、すなわち水野越前守のことである。

「斉昭公が……」

さすがに水野も表情が強張った。

「書面を入れて頂きたいのです。そうでないと、斉昭公のお怒りが静まりませぬ」

藤田は迫った。

「どのような文面であるか」

水野は渋面《じゅうめん》を作った。

「斉昭公が夢想斎とは一切関係がないものと断言する旨、書き記し、花押《かおう》を頂戴したいのです」

藤田の頼みを、

「わかった」

水野は受け入れた。

さすがに水戸家の当主を怒らせたのはまずいと思ったのだ。

「畏れ入ります」

慇懃に藤田が頭を下げる。

「しばし、待て」

水野は部屋を出た。

してやったりと藤田はほくそ笑み、客間を見渡す。床の間の掛軸、壺《つぼ》共に値が張りそうにない。部屋を彩るものは他になく、清潔ではあるが幕政を司《つかさど》るとは思えない質素さだ。

質素倹約を実践しているのか、来客にはそう見せているのか。もしこれが水野の素の顔なら、斉昭公とはわかり合えるのにな、と藤田は両者の不仲を残念がった。

待つことしばし、水野が戻ってきた。

手に持つ書付を藤田に差し出した。

「これで、よいか」

憮然《ぶぜん》として水野は告げた。藤田は目を通し、

「ありがとうございます」

と、深々と頭を下げた。

「斉昭公の勘気が晴れること、願っておる」

慇懃に水野は語りかけた。

「斉昭公もこれで満足なさると存じます」

慇懃に藤田はお辞儀をした。

「それにしても、飛鳥小路中納言さま、中々癖のあるお方であるな。斉昭公は『大日本史』編纂のためにお呼びになられたのであろう」

「有職故実を担う御家らしく、飛鳥小路中納言さまは日本の歴史に深い知識と造詣をお持ちでござります」

「真実の錦の御旗を江戸にお持ちになられたな」

「まこと……それだけに、夢想斎のような悪党に奪われたのは痛恨の極みであります。南町が取り戻すのをしくじったのは、残念でなりませぬ」

藤田は唇を嚙んだ。

「鳥居も恥じて、不覚を取ったといたく反省しておる」

「反省ですみますかな」

藤田は言った。

「むろん、このしくじりを挽回《ばんかい》せんと、鳥居は懸命に探索に当たっておる。水戸家におかれても、町方《まちかた》とは別に探索の網をかけておられるのであろうな」

水野は目を凝らした。

「むろんのことでござる」

「して、その成果は……あ、いや、何も水戸家を出し抜こうというのではない。水戸家、町方双方が協力し合えば、夢想斎の探索は進むものと思うが」

水野は言葉を止めた。

「いかにもその通りですな」

藤田は認めた。

「ならば、雑説《ぞうせつ》の共有をしようではないか」

　水野の申し出を、

「さようですな」

　藤田は思案した。

「さて、夢想斎は何処に隠れておるのであろうな」

　水野はため息混じりに言った。

　将軍家慶の日光社参が迫っている。江戸を発《た》つ前に、夢想斎を捕縛せねばならない、と水野は己を叱咤《しった》した。

四

　外記は政智に呼び出された。

　日本橋の魚河岸《うおがし》近くにある一膳飯屋《いちぜんめしや》で二人は対した。

「鮪《まぐろ》の漬《づ》けというのがお薦めですぞ」

　外記は気に入りの鮪の漬けと丼飯を頼んだ。

　醤油に漬けられた鮪の切り身を政智は珍しそうに見やった。お公家さまに薦めるには不適当な下魚《げぎょ》だったかと外記は悔いた。

そもそも、魚河岸出入りの者たちでがやがやとした店内も公家の立ち寄るにはふさわしくはない。それでもここに連れてきたのは、真中から政智が上野の安酒場を気に入ったと聞いたからだ。

一見すると真っ黒で醜悪《しゅうあく》な鮪の漬けを政智は警戒していたが、好奇心旺盛ゆえか、躊躇いもせず箸で摘《つ》まんで食べ始めた。

すると、

「おお、これは美味じゃ。飯が進む」

と、笑顔を弾けさせた。

政智が喜んでくれ、外記も箸をつける。

「こういうざっかけない店で気儘《きまま》に食せるのが旅の楽しみですな」

政智は上機嫌である。

ひとしきり食べてから、

「青山重蔵さん……いや、菅沼外記さんやな」

不意に政智は語りかけてきた。

外記は静かに返した。

「お見通しでございますか」

「やっぱりな。根津で夢想斎相手に使うた術……気送術いうのか、ずいぶんと変わった術を使う隠密《おんみつ》一族がおるとは聞いておったが、そなたがその使い手やったんやな」

しみじみと政智は外記を見た。

しばらく見やってから、

「なるほど、ええ面構えをしてはるわ」

「畏れ入ります」

外記は政智の真意を図りかね、短く答えるに留めた。

「伊勢夢想斎と扇屋の企み、何としても潰さねばいかんな」

政智は決意を語った。

「夢想斎と扇屋門左衛門の企みとは何でしょうか……飛鳥小路さまはどのようにお考えなのですか」

外記の問いかけに政智は静かに答えた。

「そら、天子さまの権威を高めることや」

「なるほど……」

外記は呟いた。

しばらく、政智の言葉を咀嚼するように黙っていたが、

「天子さまの権威を高めることで、どんな利があるというのでしょうか」

「尊王心ゆえのこと、そこに利を求めておるのではない」

もっともらしい顔で政智は答えた。

「それならば、水戸斉昭公の企てだと公儀に思わせることはなかろうと思います。斉昭公は光圀公以来の尊王心厚きお方、その斉昭公を苦境に陥《おとしい》れるようなことはするとは思えませぬ」

「外記さん、ほんまは、奴らの狙いがわかっておるのと違いますか」

政智は試すような目で外記を見た。

「むろん、はっきりとはわかりませぬ。ただ、わたしが考えるに扇屋門左衛門と伊勢夢想斎の狙いは斉昭公の隠居なのではありませぬか」

「斉昭さんを隠居させてどないしますのや」

「公儀……特に水野さまとの繋がりを強くする。かつて、斉昭公は水戸家当主に成るのを阻まれかけましたな。先代将軍、家斉公のご子息を迎える勢力が水戸家内にあったとか。水戸家内におけるその勢力の残党が、扇屋門左衛門と伊勢夢想斎と手を握っているのではないでしょうか」

外記は考えを述べ立てた。

「反斉昭さんの勢力な……」

政智は思わせぶりな笑みを浮かべた。

「飛鳥小路さま、水戸家に招かれてご家中の動きで気になる点はなかったのでしょうか」

外記は目を凝らした。

「そら、あるようでないようで……」

煙に巻くようなことを政智は言った。

「どうも、飛鳥小路さまと話をしておりますと、雲を摑むようでございますな」

外記は苦笑した。

政智はそれには答えず、

「ほんまかどうか、もうすぐお札が降るいうことやがな。そうなったら、江戸中の者が浮足立つのと違うか」

「大変な混乱となりましょうな」

「外記さんもお蔭参りにゆきますか」

「わたしは、いきませぬ」

きっぱりと外記は否定した。

「そらそうやろうな。将軍さんを守らななりませんものな」

政智は笑顔でうなずいた。

「飛鳥小路さまは、お蔭参りに参加なさるのですか」

外記の問いかけに、

「わたしはしません。お伊勢さんには何度も参詣をしているよってにな」

「わたしも、伊勢神宮に参詣したことはあります」

「そやけど、将軍さんの日光社参の日に前後して、お蔭参りが始まるとなれば、そら、公儀の面目にかかわることでござりましょうな。水野さんなんか、きりきりとしはるんと違いますか。すると、どういうことになりましょう。水野さんの懐刀たる、南町の鳥居さんが奉行所を動員して、お蔭参りを阻止するかもしれませんわな」

政智は真顔になった。

「鳥居さまならそうしても不思議はござりませぬな」

外記は否定しなかった。

「さぞや江戸は混乱を極めましょうな」

「喜んでおられますか」

「逆です。憂えておりますぞ。そんなことになれば、お伊勢さんへの怨嗟《えんさ》の声が上がることになりましょうからな」

「どういうことですか」

「お蔭参りへの気持ちが昂っている内はよいのですが、南町に邪魔だてされ、道中で止められて牢屋にでも送られればやがてはお蔭参りへの高揚感《こうようかん》が薄まり、お蔭参りなんかしなければよかったと後悔をし、お伊勢さんへの恨みとなるのです。それは、やがては天子さまへの恨みに繋がってしまうかもしれません」

憂いを政智は示した。

「そうなりましょうか」

外記は首を捻った。

すると政智は不意に腰を上げた。

「外記さん、わたしは、そうならないよう先手を打ちます」

「ほう、どのような」

「一緒にやりませぬか」

「それはやぶさかではござりませぬが」

という外記の返事を了解と政智は受け取り、

「では、ゆきます」

さっさと一膳飯屋を出た。どうにも調子が乱されてしまうと感じたところで、

「勘定……」

外記は政智に催促しようとして思い留まった。まったく、奔放《ほんぽう》なお公家さまである。


外記は政智に伴われて日本橋の雑踏に身を投じた。

「外記さんは鳥居さんに会うわけにはいかないでしょうな」

政智は言った。

「それは、勘弁願いたいですな」

苦笑混じりに外記は答える。

「いいです。鳥居さんのところにはわたしがゆきますよって。その前に、鳥居さんの痛いところを摑んでおきまひょか。一緒に来なはれ」

政智は飄々と歩いてゆく。

雑踏を抜け、新川《しんかわ》に至った。酒問屋が軒を連ねる中、政智は町の一角に足を踏み入れてゆく。

何処へゆくのだと外記は聞かない。

ずんずんと入り、外記は次第に戸惑いを感じた。

「そこですよ」

政智は指差した。

酒問屋である。そこには、大勢の人足が働いていた。

「外記さん、あの人たちを解き放ってあげてくだはれ。ああ……今日はやらないでください
よ。わたしがいつ解き放てとお願いしますから、その時に頼みます」

政智は言った。

「どういう者たちなのですか」

外記は疑問を投げかけた。

「鳥居さんの下人です。ああした者たちが新川一帯におりますわ。みな、江戸に流れてきた無宿人です。鳥居さんは無宿人を捕え、自分の息のかかった商家で働かせておるのです。

もちろん安い手間賃でです」

苦々しそうに政智は吐き捨てた。

「何のためにですか」

外記が問いかけると、

「おそらく、印旛沼の干拓に使うのでしょう。働かせる人足たちを確保しておくつもりです。狡猾《こうかつ》な男や」

政智は唇を噛んだ。

五

南町奉行所に飛鳥小路政智はやってきた。

従三位権中納言という公家の来訪に鳥居もぞんざいな扱いはできず、客間に通した。

お茶と菓子が供された。

政智は菓子を見て、

「布袋屋の栗饅頭ですな」

と、迷わず食べ始めた。

「ほう、評判の菓子とあって美味いですな」

政智は褒めた。

それは恐縮です、と、鳥居は軽く頭を下げた。その表情は強張っている。政智の突然の訪問に、錦の御旗を取り戻せなかった負い目から、しどろもどろになっている。

「何の用で来たと思いますか」

政智は問いかけた。

「さ、さあ。それはこちらが聞きたいところでござる」

鳥居は面を伏せた。

「そらそうやわな」

政智は何がおかしいのか笑いを浮かべた。

それからじっと鳥居の顔を見て言った。

「町奉行さんの役目というのは、江戸の治安を守ることでしょう」

「さようにござりますが……」

鳥居はきょとんとした。政智の問いかけの意図がわからないのである。

「そんな御奉行さんが、自ら違反してはあきませんわな」

おほほほといかにも公家らしく政智は笑った。鵺を思わせる、「ヒョウヒョウ」という笑い声ではないのがせめてもの救いだと鳥居は思った。

「な、何を申されますか」

心外だとばかりに鳥居はきつい表情となった。

「江戸に溢れてはります無宿人たち、みな、遠国《おんごく》から江戸に食い扶持を求めてやってきた者たちです。水野さんや幕閣のお歴々《れきれき》は国許に帰るよう触れを出されたではありませんか。そらそうですわな。無宿人が増えれば江戸の市井に咎人が増えるのは当たり前ですな。町奉行が取り締まらなければなりませんぞ」

「飛鳥小路さま、お言葉ではございますが、取り締まりはしっかりとやっております。何ら非難される覚えはございません」

鳥居は胸を張った。

江戸の市井を預かる町奉行の誇りを示しているかのようだ。

「そうでしょうかな……」

思わせぶりな笑みを政智は浮かべた。

「いかがされましたか」

鳥居が訝しんだ。

「新川の酒問屋……と申せばおわかりでしょう」

政智は言った。

鳥居の目元が引き攣《つ》った。

「心当たりがあるようですな」

政智は薄笑いを浮かべた。

「そ、それは」

鳥居は言い訳をしようと口をもごもごと動かした。それを制し、

「無宿者をあの店で使っておるのはどうしたわけですか。国許に帰す必要はないのですか。公儀の法度《はっと》に反するのではないのですか。水野さんの右腕たる鳥居さんが、法度に逆らってはるのですか」

畳み込むように疑念を政智は投げかけた。

「そ、それは」

鳥居は口ごもる。

「町奉行さんとして、江戸にやってきた者を国許に帰すのは忍びなく、江戸での働き口を斡旋してやったということですか。それにしては安いですわな。あれでは、食うのがやっとですよ」

無宿人たちを代弁するように政智は不満をぶつけた。

「これにはわけがあります。考えあってのことなのです」

思わず鳥居は声を大きくした。

「ほう、どんなお考えですか。妖怪奉行さんのお考えを聞きたいですわな」

政智は扇子を広げて忙し気《せわげ》に扇いだ。

「それは申せませぬ。公儀の役に立つとしか申せませぬな」

「水野さんも承知のことやというわけですな。何のために無宿人を安く使っておるんかは、わからんし、教えてくれへんのなら、そんでええですけど、ほんでも、大事なことはや……」

政智は扇子を止めた。

「何でござりますか」

鳥居は心配になったようだ。

「お札ですわ」

政智は扇子をひらひらと振った。

「お蔭参りですか」

鳥居は唸った。

「お蔭参りが起きた時、無宿人たちはどういう行動に出るでしょうな」

政智は問いかけた。

「それは……」

「無宿人たちがお蔭参りに動いたら、あるいは、伊勢夢想斎に先導されたら……」

政智は言葉を止めた。

鳥居は息を呑んだ。

「あんたの政策、つまり、無宿人を江戸に留めておるということから、無宿人は相当な数になっておりましょうな。そうした者たちが、夢想斎の扇動《せんどう》に乗ってしまったとしたらどうしますか」

「いや、それは……」

「あんたら、夢想斎の手下らをお縄にして安堵しておったでしょう。夢想斎は取り逃がしたものの、大したことはないと高を括っておるのではありませんか。おわかりと存じますが、錦の御旗は奪われたままですよ！」

　責めるような口調で政智は言い立てた。

「中納言さま……」

　非難から逃れるように鳥居は唇を嚙んだ。

「どないするのですか」

　冷たく政智は問いかける。

「夢想斎、何処におるのでしょう」

　鳥居は困り顔で呟いた。

「探り出すのがあんたの役目でしょう」

　政智は突き放した。

「おおせの通りです」

すっかり気圧され、鳥居は胃がきりきりと痛み始めた。

「夢想斎一味をお縄にしたと思って、安堵しておったのが油断ですわな。敵はしぶといですよ。尻尾をいくら切っても肝心の頭が残っていたら退治したことにはなりませんわな」

政智の言葉を受け、

「まさしく」

鳥居は鬱屈たる顔になった。

「鳥居さん、人をあんまり安く使うとかえって高くつきますよ」

冷笑を浮かべ、政智は言った。

ぐうの音《ね》も出ないとはこのこと、鳥居は黙り込んだ。無宿人が伊勢夢想斎に扇動されて、お蔭参りに動いたのなら、彼らは無頼の徒と化し、お伊勢参りの施しの名目で乱暴狼藉に走るかもしれない。

そうなったら、とてものこと南北町奉行所の人員で抑えられるものではない。

「大塩平八郎の乱以上の事態となりましょうな。大塩の乱は一日で鎮圧されましたが、大坂の町の三分の一を焼いた騒動となったそうです。大坂よりも江戸は人の数が多い。いくら火事に慣れているとはいえ、大火事となったら、その影響は計り知れません。とても将軍さんの日光社参どころではなくなりますわな。鳥居さん、あんたの失政で六十七年ぶりの将軍家日光社参が中止に追いやられるのですわ。水野さんはさぞやお怒りでしょうな」

他人事のように政智は言った。

「う〜む」

鳥居はため息を吐いた。

「どないしはるんですか」

政智は迫る。

「夢想斎を捕まえねば」

独り言のように鳥居は言った。

「それでよいのですか」

「それしかござりませぬ」

己の失態を挽回せんとするかのように鳥居は言い立てた。

次いで、政智を見て、

「中納言さま、何卒《なにとぞ》、お力をお貸しください」

と、臆面《おくめん》もなく両手をついた。

「あんたのためと言うよりも、世のため人のために夢想斎を退治しますよ」

政智はけろっとした顔で告げると腰を上げた。

第五章　お札降る

一

弥生二十五日の昼下がり、一八は久蔵と共に扇屋の葛飾村にある寮へとやって来た。

春が去り、新緑の時節を迎えつつある。若葉が萌えたち、大川《おおかわ》の川面《かわも》が銀色に煌めいていた。

今日の久蔵は一八同様、色違いの羽織に派手な小袖を尻端折《はしょ》りにして、紅色の股引といった幇間姿だ。どうしても門左衛門へ詫びを入れたいという久蔵の気持ちを受けての訪問である。

根津の寮に比べて一回りは広い敷地を黒板塀が巡り、形のよい見越しの松が風情を漂わせていた。

「久さん、ここまでついて来て、こんなこと言うのは何でげすがね、無理してさ、門左衛門旦那に出入りを許してもらうことはないよ」

考え直すように一八は戒《いまし》めた。

門左衛門が伊勢夢想斎と共にお蔭参り騒動の黒幕らしいとあって、久蔵が彼らの悪巧みに巻き込まれるのではないかと危惧しての引き留めなのだが、そんな事情を知らない久蔵にしてみれば、門左衛門はありがたい贔屓客なのである。

一八には、今日も許されなかったなら、久蔵も諦めてくれるのでは、という期待もある。

「そりゃ、あたしだってさ、邪険《じゃけん》に扱われるくらい嫌われているのに、下駄の雪みたいに何処までもついてゆきますって、忠義を尽くす義理はないんだけどね……」

久蔵も認めた。

「だったら、やめておこうよ」

久蔵の羽織の袖を引き、一八は帰ろうとした。

「いや、そういうわけにはいかない。これはね、幇間としてのあたしの意地なんだ……」

言葉を体現するように、久蔵は一八の手を振り解《ほど》いて腕を捲った。

「意地って久さん……」

一八は小さくため息を吐いた。

「意地なんか張るもんじゃないって、一八さんは言いたいんだろう」

「張る意地なんかないのが、やつがれたち幇間なんじゃないのかね」

「そうだよ。意地も沽券《こけん》もない、そんな、ふにゃふにゃしたあたしらだから幇間が務まるんだ。でもね、太客の扇屋門左衛門の旦那に出入り止めにされて、あたしは意地ってやつを張り通したくなったんだ。旦那に邪険にされてね、旦那を根負けさせてやりたくなったんだ。仕方ない、許すって言わせたくなったんだよ」

久蔵の目は生き生きとしている。

それを見ていると、一八は羨ましくなった。

「わかったよ、久さん。やつがれも幇間の端くれでげすよ。へらへらしながら付き合うよ、と言いたいんだけど……どうも乗り気になれないんだ。それはね、門左衛門旦那の怪しさなんでげすよ」

一八の言葉に、

「怪しさ……」

久蔵は首を傾げた。

久蔵が意地を張り通すと知ったからには、門左衛門の正体を明かさないわけにはいかない。

「扇屋門左衛門というお人、お蔭参り騒動で世間さまを騒がす伊勢夢想斎って悪党と繋がっているんでげすよ」

一八はずばり言った。

「旦那が夢想斎と……夢想斎っていやあ、天誅とか言って公儀のお偉いさんを殺めた連中だろう。読売で読んだよ」

「そうでげすよ。読売に書いてあったでげしょう。天誅を加えられた老中さまは、布袋屋さんを将軍さまの日光社参のお土産になさる菓子の注文先に選んだんだって」

「そりゃ、布袋屋さんは門左衛門旦那にとっちゃあ競争相手だけどね、だからって、そんな大それた連中と関わってなんかいないさ……お蔭参り騒動で伊勢に本店を置く扇屋さんが儲かるだろうって、僻《ひが》んでいる連中が性悪な評判を立てているんじゃないかね。一八さん、思い過ごしさ」

久蔵はかぶりを振った。

「なら、はっきり言うけどね、根津の寮にね、夢想斎と御師たちがいるのを、やつがれは見たんでげすよ」

外記から聞いたのだが、一八は敢えて自分が見たと強い口調で言い張った。

「そ、そいつは本当かい……」

いつにない一八の真剣さに、気圧されたようで久蔵は息を呑んだ。

「ああ、確かでげす」

目をそらさず一八は答えた。

「一八さん、何かの間違いじゃないかい。そう、……違うよ。南町の妖怪奉行さまは捕方を率いて、旦那の寮じゃなくって近くのお稲荷さんで夢想斎一味を召し捕ったんだよ。ほら、読売に……この通り」

久蔵は懐中から読売を取り出した。

そこには、鳥居が夢想斎一味を退治する様子が仰々《ぎょうぎょう》しい絵と共に記されている。鳥居は妖怪に描かれており、夢想斎と夢想斎配下のやくざ者を鳥居率いる南町奉行所の捕方が一網打尽にしたということだ。

夢想斎は火事で焼死したらしいと記してあった。

「妖怪奉行さまが夢想斎一味を退治なさったんじゃないか。門左衛門旦那は南町にお縄にされていないんだから、関わりないよ。一八さん、見間違えたか夢でも見たんだよ」

門左衛門は夢想斎のような悪党とは一切無関係だと、久蔵は言葉を尽くして言い立てた。

「夢想斎は焼け死んでなんかいないでげすよ。門左衛門旦那は今も夢想斎と繋がっているんだよ」

一八は繰り返した。

久蔵は鼻白《はなじろ》んで、

「門左衛門の旦那に何か恨みでもあるのかい」

「恨みなんかあるわけないでげすよ」

今度は一八がかぶりを振る。

二人の間に嫌な空気が漂った。

「とにかく、あたしは旦那に会いに行くよ」

問答はこれまでだとばかりに、久蔵は寮の裏手へと向かった。

放ってはおけない。

「仕方ないでげすね」

一八も後を追った。

二

寮の裏門は閉ざされていた。武家屋敷ではないので門番はいないが、押しても引いてもびくともしない。久蔵は、「ごめんください」と何度も叩いたが反応はない。久蔵だから入れてもらえないのではなく、広い屋敷とあって声が届かないのだろう。予定にない来客を迎える者はいないのだ。

「久さん、無理でげすよ。誰か出てくるまで待ちますか」

一八は門を見上げた。

門は物言わぬ番人となって二人を拒絶するかのようにぴたりと閉じられている。かと言って表門に回るわけにもいかない。幇間風情が表門から出入りしては主の怒りを買うだけだ。

やっぱり、裏門が開くまで待つかと覚悟したところで、

「一八さん、こっちこっち」

久蔵が板塀沿いに移動した。一八は訝しみながらもついてゆく。

すると、

「ここだよ」

久蔵は板塀の板を一枚外した。

昨年の師走、寮の大掃除を手伝い、久蔵は板塀を塗り直した。その際、この板が外れていたのを見つけたが、掃除の慌ただしさで門左衛門に報告するのを忘れたそうだ。以来、言おう言おうと思っていたが、その都度忘れたまま出入り止めになったのだった。

久蔵は横向きになったまま蟹《かに》のような横歩きで身を中に入れた。一八も続きながら、こんな泥棒猫みたいな真似をして、却って門左衛門の怒りを増幅させるのではないかと危ぶ

んだ。が、一方では門左衛門の化けの皮を剝《は》がすような探索ができるのではという期待がこみ上げた。

入るとすぐに広がっている竹林に、二人は身を潜ませた。

竹林の先に大きな建物がある。

「あれは何だい」

一八が問いかける。

「今年のお正月にできたんだよ。あたしもよく知らないんだ」

竹林の隙間から建物を見上げながら久蔵は答えた。

「馬鹿に大きな建物でげすよ」

一八はいぶかしんだ。

「大宴会でもするんじゃないのかね」

久蔵は深くは考えていない。

「それにしちゃあ、粗末な建物でげすよ」

一八が言ったように、大きいが板葺き屋根、板壁という急ごしらえの、巨大な掘立小屋といった風である。

するると、

「どうぞ、こちらでございます」

門左衛門の声が聞こえた。

枝をかきわけ、久蔵が竹林を出ようとした。

「まあ、待って……旦那はお客と一緒だよ。今、出て行ったら、門前払いされるでげすよ」

一八は逸る久蔵を止める。久蔵はしかたなく大人しくした。

やがて、門左衛門が客を伴って入ってきた。

「なんだ、ありゃ」

久蔵が素っ頓狂な顔をした。

客は立烏帽子を被り白の狩衣を着ており、一八も久蔵も知る由もないが、飛鳥小路政智である。

「あのお方、お公家さまのようですね」

一八が語りかけると、

「ああ、お公家さまか……どうして神主が来たのかと思ったよ。扇屋さんは京の都が発祥だ、門左衛門旦那は都のお公家さまにも繋がりがあるんだろうね」

感心して久蔵は推測した。

「門左衛門の旦那はお公家さまをもてなすつもりでげすかね」

一八の問いかけに、

「きっと、そうだよ」

と、応じながらも久蔵の声音は曇った。もてなすにしては粗末な建屋なのだ。

すると、

「うまく、事は運んでおりますか。あまり、時はありませんぞ」

政智は念押しをした。

「ええ、もう、いつでも大丈夫でございますぞ」

揉み手をして門左衛門は自信を示した。

「それは頼もしい」

上機嫌で政智は答えると、門左衛門の案内で建屋に入っていった。

「一八さん、あたし……どうしよう」

門左衛門を目の前にして久蔵は迷い始めた。

「せっかく、忍び込んだんでげすよ」

一八の方が煽り立てた。

「それもそうだね、よし」

久蔵は竹林から飛び出した。

が、

「いけない」

すぐに久蔵は引き返し竹林に身を隠した。大勢の男たちが、建屋の周囲を見回り始めたのである。一見してやくざ者だ。飛鳥小路政智を招き入れたということで、警戒を強めたようだ。

やくざ者たちの様子を窺っている内に、一八も久蔵も濃厚な草の香にむせ返りそうになった。建屋の左側に群生《ぐんせい》している緑の草が匂いの元だ。

「ありゃ、大麻草《たいまそう》でげすよ。以前、贔屓にしてくだすった近在のお庄屋さんのお宅にうかがった時、育てていらっしゃったでげすよ」

一八が指差すと、

「旦那、ここで大麻を栽培していなさるのか。菓子に使うのかな」

久蔵は腕を組んだ。

「大麻を使う菓子なんか聞いたことがないでげすよ。何に使うのかはわからないけど、少なくともいいことには生かさないいんじゃないかね……ひょっとしたら、夢想斎一味に頼まれて育てているのかも」

考えを述べ立ててから、益々建屋の中が気になり、一八は大麻から視線を移した。一八の視線を追い、

「一体、中は何だろうね」

久蔵も気になったようである。

「覗いてみようか」

一八が誘った。

「そうしたいんだけど、怖そうな連中が目を光らせているよ」

久蔵は危ぶんだ。

「う〜ん、何かいい手立てはないでげすかね」

腕を組み、一八は思案をした。

久蔵が、

「あいつらを引き付けよう」

と言うや、小石を大きな松に向かって投げた。

「一八さんもやりな」

と、声をかけられ、一八も石を松の幹にぶつけた。

巡回していた連中が色めき立ち、松の方へと走ってゆく。一八と久蔵は竹林を抜け出す

と、彼らとは逆の方向を走り、建屋の裏手に回った。

「しめしめ」

うまくいったと久蔵はほくそ笑んだ。

「さあ、中はどうでげすかね」

一八は建屋を見上げた。

六尺（約一・八メートル）程の高さに明かり取りの天窓がある。

「よし、久さん」

一八は膝をつくと自分が踏み台になった。

久蔵は、「すまないね」と断りを入れてから雪駄《せった》を脱ぎ、一八の背中に上った。久蔵の重みがのしかかり、一八は歯を食いしばって耐える。久蔵は両手を天窓の縁に掛け、背伸びをして中を覗いた。

よく見ようとしてか、一八の背中でもぞもぞと動いた。その度に目方がかかり、一八は歯を嚙み締めた。

「何か見えるでげすか」

頭上を見上げることもできず、一八は問いかける。

「ちょっと、待っておくれ」

久蔵は何か判断に困っているようだ。

次第に膝が痛くなり、我慢の限界が近づいた。

「やつがれにも、覗かせておくれな」

堪らず一八は頼んだ。

「わかったよ」

久蔵は一八の背中から下りた。

中は大したことないよ、とまず久蔵は言ってから続けた。

「わざわざ見るようなものじゃないさ。だって、豆福餅をこしらえているだけなんだもの」

豆福餅作りの作業場らしいが、それでも自分の目で確かめたい。久蔵を疑うわけではないが、本当に豆福餅を作っているだけなのか、どうしても大麻との関わりが引っかかる。

立ち上がったが膝の痛みでよろめいた。それでも中を確かめたいと、今度は久蔵に踏み台になってもらう。

「ごめんよ」

声をかけてから一八は久蔵の背中に上った。天窓の縁に両手をかけ、身体を持ち上げて中を覗く。

「なんだ……」

惚けたように一八は呟いた。

久蔵の言う通りだった。

大勢の男たちが働いている。着物を尻端折りにし、襷掛けにして、餅をついたり、これたり、小豆《あずき》を茹でたり、と忙し気だ。長い台が並べられ、その台の上で餅と小豆を使って菓子をこさえていた。

扇屋名物の豆福餅である。

作業はきちんと分業されている。

餡子だけでも、笊《ざる》に入れた小豆を水でひたすら洗う者、洗った小豆を釜《かま》に移して煮る者、そして茹で上がった小豆を再び笊に戻してヘラで潰す者、潰された餡子と水を混ぜ布で濾《こ》す者に分かれている。

建屋の隅には臼《うす》が並べられ、餅がつかれていた。できた餅は作業台で小さく切り分けられる。

餡子の煮え具合、濾し具合、餅の切り方などを二人の男が指導していた。

「なんだ、やっぱり、豆福餅のこしらえ場か」

一八は呟いた。

扇屋は芝増上寺の門前だけではなく、ここ葛飾村の寮でも豆福餅を作っているようだ。それほどの需要があるのだろう。

指導に当たる二人が職人たちを束ねている。よほど腕がいいのだろう。

一人はいかにも生真面目な職人肌といった男に見受けられるが、もう一人は右頰に傷が縦に走っており、目つきも悪い。

視線を転じると、だだっ広い板の間の奥に小部屋があった。閉ざされた襖が開き、門左衛門が出てきた。さては、飛鳥小路政智に豆福餅の製造現場を見学してもらおうというのだろう。

「一八さん、もう、いいだろう」

下で久蔵が情けない声を出した。

「もうちょっと頼むよ」

一八は声をかけ、目を凝らした。

すると、

「な、なんだ」

一八は口を半開きにした。

政智ではなく、一人の老人が出てきたのだ。

腰を曲げ、杖をつきながら作業場を回り出した。指導に当たる、右頰に傷のある男の脇で立ち止まり、

「武吉、真面目にやっておるではないか」

と、声をかけた。

「夢想斎さま、あっしゃ、いつも真面目ですよ」

武吉は媚《こ》びた笑いを返す。なるほど、あれが夢想斎か……。一八はごくりと唾《つば》を呑んだ。

「武吉の奴、わしらの前では働いているふりをして、いない時は寛太にやらせておるのでございますよ」

門左衛門がもう一人の男を見ながら言った。武吉は、「へへへ」ときまり悪そうに笑って胡麻化《ごまか》した。

「さもあろうのう」

夢想斎は納得したようにうなずく。

武吉と寛太……。

どこかで聞いたような。

一八は記憶の糸を手繰った。

そうだ。今朝お勢の家を訪ねた時、人探しをしているって人相書をお勢から渡され協力

を求められた。探している者の名前が、武吉と寛太だった。懐中に手を入れ人相書を探そうとしたが、

「ああっ」

久蔵の膝がくずおれ、一八は地べたに落ちてしまった。

「ごめんよ」

久蔵は詫びた。

一八は尻をさすりながら、

「豆福餅を作っていたじゃないでげすか」

と、言った。

「だから、そうだって言ったじゃないか」

久蔵もうなずく。

二人は顔を見合わせた。

すると、

「どうも、ありがとうございました」

門左衛門の張りのある声が聞こえてきた。

久蔵と一八は声を潜める。

門左衛門と共に男が出てきた。

「ありゃ、伊勢夢想斎でげすよ」

素っ頓狂な声を一八は発した。

「ああ、あれが」

久蔵も驚きの声を上げた。

「扇屋さんの職人で、武吉さんを知っているかい」

一八の問いかけに、久蔵は顔をしかめてから、

「首になったんだよ。この中で働いていたでげすよ」

「でも、この中で働いていたでげすよ」

一八は建屋を指差す。

「人手が足りないんじゃないかね」

「じゃあ、寛太さんってお人は」

「知らないね」

興味なさそうに久蔵は首を左右に振った。一八は懐中から春風が描いた人相書きを取り出す。お勢の家で面倒を見ている母子が探している二人だ。

「間違いないでげすね」

一八は手を叩いた。

「久さん、やっぱり夢想斎と門左衛門旦那は深い繋がりがあるんじゃないか」

「そうみたいだね」

久蔵も渋々認めた。

「そうとわかったら、悪いことは言わない。旦那とは出入り止めを幸いに縁を切った方がいいでげすよ」

久さんのためだと一八は強調した。久蔵は考えてみると言って肩を落とした。

しばらく思案するように目を伏せていたが、ふとしたように久蔵は顔を上げた。

「そうだ、旦那、寮の台所にあった豆福餅をくすねて食べたのを怒っていたんだ。どうして怒ったんだろう……豆福餅を食べる時、お茶を飲もうとしてやかんから急須にお湯を注いだ、そのやかんがあたしのやかんネタで笑いを取ったことへの怒りを蒸し返した、とばかり思っていたんだけど、そうじゃないかもしれない……」

と、考え考え述べ立てた。

「どういうことだい」

興味を抱き一八は問い直す。

「旦那は豆福餅を葛飾村の寮でも作っているってのを隠しておきたかったんだ。それと、あたしがお茶っ葉だと思って急須に入れた葉っぱ……豆福餅同様に台所からくすねてきたんだけど、あれ、妙にまずくて、だから余計に豆福餅をたらふく食べたんだよね。お茶の葉じゃなかったんだ」

久蔵は庭の一角を見た。

生い茂った大麻草が春風に揺れ、強い臭みを運んでくる。酔った久蔵がお茶の葉だと思ったのは乾燥させた大麻であった。大麻を摂取すると興奮が収まり、幻覚を見る。常習性がある。遊郭では、客を取ろうとしない女郎に吸引させ、大麻漬けにするのが見受けられた。

「旦那は豆福餅と一緒に大麻を栽培している……一体、どうしてそんなことを……一八さん、あたしゃ、怖くなってきたよ」

唇を震わせ久蔵は訴えかけた。

三

その日の夕暮れ、一八はお勢の家にやって来た。丁度、義助が正太を連れて戻ってきたところだ。

義助から一八を紹介され正太はぺこりと頭を下げた。一八は興奮気味に、

「おとっつあんが見つかったよ」

と、正太に言った。

「ほんと！」

正太も声を上ずらせた。

「どこですよ。これからすぐに行きますよ」

義助も喜びと逸る気持ちを隠せない。

「すぐに行きたいのはわかりますけど、その前に、お頭に話しておかないといけないことがあるんでげすよ」

幇間らしからぬ真面目な顔で一八は言った。

幸い、外記と真中が来ている。

一八のただならぬ様子を見て、

「正太、ちょっと待ってな」

義助は正太を諭した。

正太は義助の言葉に従い、指南所に入っていった。

居間に入り、一八は扇屋の葛飾村の寮に忍び込んだ経緯を語った。

外記がうなずき、

「扇屋門左衛門は葛飾村の寮で名物の豆福餅を大量にこさえ、大麻を栽培している。その現場を公家と夢想斎に見てもらった……公家とは飛鳥小路政智に違いあるまい。大麻と豆福餅をお蔭参り騒動に使うのは間違いない。ということは、奴らの企みは何だ」

と、真中に答えを求めた。

真中は静かな口調で、

「まず、葛飾村の寮で豆福餅をこさえているということは、芝の店では追いつかない程の注文が予想されるのではないでしょうか。注文先はお蔭参りでしょう。天保元年（一八三〇）のお陰参りの際にはひしゃくを持参し、伊勢神宮外宮の北門に置くことが流行ったそうです。このため、京の都では十六文のひしゃくが三百文にまで値上がりしたとか。今回、扇屋は豆福餅を持って伊勢へ旅立とう、と御師たちに触れ回らせるのではありませぬか。さすれば、豆福餅は値上がりします。天保元年は四国や西国から四百万人を超す参詣者が出たそうです。江戸には百万の者が住んでおりますが、武士が半数、町人五十万人の内、二割がお蔭参りに出かけたとして十万人、豆福餅は五つ入りの竹包みで四十文、ということは……」

暗算を始めた真中よりも早く、

「銭にして四百万文、金にして千両であるが、値は吊り上がる。天保元年のひしゃくを思えば、ざっと二十倍として二万両にもなる。もっとも、全ての豆福餅が二十倍になるわけではなかろうから、差し引かねばならないが、それでも、数千両、まあ、一万両程の商いが見込まれるな」

と、外記は算段した。

「へ～え、菓子で一万両」

お勢は目を丸くし、

「こりゃ、扇屋さん、また景気のいいお座敷を開きそうでげすね」

一八は扇子を開いたり閉じたりした。

外記は冷静に続けた。

「一万両は大きな商いだが、それだけではあるまい。大麻を栽培しておるということは、大麻を使って一儲けしようというのだろう」

これには義助が答えた。

「扇谷門左衛門は、岡場所にでも売ろうって算段しているんじゃござんせんかね」

一八も、

「やつがれもそう睨みます」

対して真中は、

「遊郭に売りもしようが、それだけではないような気がする。お頭、飛鳥小路中納言さまに新川の酒問屋に連れて行かれましたな」

と、外記を見た。

「いかにも。鳥居が無宿人たちを斡旋しておった」

外記が言うと、

「無宿人たちは安い手間賃で過酷な仕事をやらされておったにもかかわらず、達者な様子であったとか。それは、大麻のせいなのではござりませぬか」

「真中の考えにわしも賛同する」

外記が受け入れると、

「父上、扇屋門左衛門は鳥居を助けているのかしら」

お勢が疑問を呈した。

「そうではない。逆だ。門左衛門は鳥居や水野を追いつめようと企んでおるのだ。もちろん、門左衛門の独断にあらず、飛鳥小路政智と伊勢夢想斎が黒幕だ。飛鳥小路と夢想斎、門左衛門は、お蔭参りにより伊勢神宮の権威を高めると同時に将軍家日光社参を邪魔立てするつもりだ……と、わしも考えておったがどうもそれだけではないな」

外記は思わせぶりな笑みを真中に送った。

真中は外記の考えを受け、

「扇屋門左衛門は競合相手である布袋屋を目の敵《かたき》にしております。大奥出入り商人の地位を奪われ、将軍家日光社参の際の土産も布袋屋に持っていかれた。お蔭参り騒動に便乗し、門左衛門は布袋屋から大奥出入りの地位を奪い返す、更には布袋屋を潰そうというのではありませぬか。潰すのは、商いによってではなく、暴動により文字通り店を叩き潰す、おそらくは焼き払うつもりではないでしょうか。その際、無宿人たちを暴徒にする。お蔭参り騒動の最中、新川の酒問屋で働く無宿人たちを大麻で操り、布袋屋を襲撃させるのでしょう」

「わしも同じ見方だ」

外記は乾いた口調で言った。

「久さんに聞かせてやりたいね。これで、門左衛門旦那をしくじったこと、吹っ切れるでげすよ」

一八は扇子を広げ、ぱたぱたと扇いだ。

義助も唇を嚙み、

「扇屋さん、布袋屋さんへの逆恨《さかうら》みでとんでもない悪巧みをしなすったんですね。正太のおっとうは、寛太さんはどうなるんでしょう」

心配そうに目をしばたたいた。

「寛太は豆福餅をこさえる指図をしているだけだろう。それなら、罪には問われまい」

外記が返すと、

「そうですよね」

義助は笑顔になったものの、目元は引き攣っていた。その目は複雑な色に彩られている。

お勢が声をかけようとしたが、

「遅くなりました」

と、春風がやってきた。

春風は大きな風呂敷包みを背負って居間に入ってきた。

「いやあ、お待たせ、お待たせ」

風呂敷包みを畳の上に置き、春風は手拭で額の汗を拭った。

次いで、

「さあ、こんな具合ですぞ」

春風は風呂敷包みを解いた。

大量のお札が現れた。

「大神宮さまの御札ですぞ」

手に取って春風は言った。

長さ三寸（約九センチ）、幅一寸の紙に、天照大神が天岩戸《あまのいわと》から覗く絵が描かれ、天照大神と記されている。

「どれくらい用意したのだ」

外記もお札を手に取り、問いかけた。

「千枚くらいです」

春風は答えてから、

「庵斎《あんさい》さんに手伝ってもらいました」

庵斎とは表向き俳諧師を生業としている闇御庭番の一人だ。歳は外記より五歳上の五十六歳。外記とは四十年以上のつき合いで、右腕といえる男だ。

「村山《むらやま》のおじさん、腰を悪くしているんでしょう。大丈夫なの」

お勢の心配に春風は、大分よくなったようだと返してから、

「それで、わたしも手伝ってもらうの、遠慮しようと思ったんですがね、庵斎さん、何かやらないことには落ち着かないっておっしゃって」

庵斎は腹ばいになってお札書きを手伝ってくれたそうだ。

「よし、ならば、今夜決行するぞ」

外記は立ち上がった。

「お頭、あっしは寛太さんを助け出しに行きますよ」

義助が言うと、

「わしもゆく」

外記は自分と義助は葛飾村に向かうと告げ、春風と一八、お勢は日本橋に待機せよと、また、真中には水戸藩邸に行くように指示した。

「お勢、春風、一八は夜九つを以て、お札を降らせろ。扇屋門左衛門、伊勢夢想斎、そして飛鳥小路政智の機先を制する。おそらく奴らは弥生の晦日《みそか》、上さまが日光に向け出発なさる日の前夜にお札を降らせるつもりだろうからな」

外記の言葉にお勢と春風、一八は揃って任せろと請け合った。

外記は真中に、

「真中は水戸家にゆき、藤田さまに水戸家から人数を出してもらうのだ。お札が降れば騒ぎが起きる。門左衛門たちは慌てて、企てを実行に移すかもしれぬ。予定を早めてな。布袋屋打ち壊しを阻止せねばな。水戸家がお蔭参りに名を借りた暴徒を鎮圧したなら、斉昭公への疑念はきれいさっぱり晴れるというものだ」

「承知しました。藤田さまを訪ね、水戸家中から人数を出すよう求めます」

真中らしい生真面目さで応じた。

四

夜五つ（午後八時）、外記は義助と共に葛飾村にある扇屋の寮にやって来た。外記は黒装束、義助は棒手振りの格好で天秤棒を手に持っている。

一八から教えられた、裏門近くにある抜け道に至る。黒板塀の一枚を義助が外し、外記は身を入れた。

寮の中では篝火が焚かれ、豆福餅をこさえている建屋の明かり取りの窓から灯りが漏れている。昼夜兼行《けんこう》で菓子作りに従事させられているようだ。

提灯を掲げ、三人のやくざ者が夜回りをしている。夜陰に紛れ外記は三人の前に立ちはだかった。

やくざ者は一瞬立ち尽くしたが、すぐに提灯を向け、

「てめえ、なんだ」

伝法《でんぽう》な言葉を投げ、外記に殴りかかってきた。外記は一息にやくざ者と間合いを詰めると大刀を抜き放ち、提灯を斬った。提灯は地べたに転がり炎に包まれる。

外記は大刀の峰を返し、三人の首筋を打ち据えた。三人は倒れたが、続々と敵が群がり出てくる。

外記は転がる提灯を手に取り、栽培されている大麻草に投げ込んだ。大麻草が燃え上がる。

敵は浮足立ち、火を消そうとして大麻草に殺到する。

義助は外記とやくざ者が争っている隙に建屋に入った。人相書きと正太から聞かされた寛太の様子から、即座に目指す男を見つけ出し、側に駆け寄る。

「寛太さんですね」

夜更け、突如として現れた見知らぬ男から呼びかけられ、寛太は戸惑い気味にそうですと返事をした。

「壬生村から正太とお民さんが江戸まで寛太さんを探しにいらしたんですよ」

興奮を抑えながら義助は話しかけた。

「正太とお民が……」

寛太は両目を大きく見開いた。

「二人ともあんたに会いたがっていますよ。さあ、一緒に行きましょう」

義助は促した。

大きくうなずいたものの、

「でも、おら、旦那さんから豆福餅をこさえるよう言われているから……晦日まで頑張って……そうしたら、壬生の店を再開できるくらいの手間賃をくださるんですよ」

寛太は躊躇いを示した。

「詳しくは後で話しますが、扇屋さんはとんでもねえ悪事を企んでいらっしゃるんですよ」

顔を真っ赤にして義助は訴えた。

「旦那が……悪事を……」

寛太は目を彷徨《さまよ》わせた。

そこへ、

「なんだ、どうしたんだ」

と、武吉がやって来た。

物も言わず、いきなり義助は天秤棒で武吉の顔面を殴りつけた。武吉は床を転がった。

職人たちが手を止め、義助たちを遠巻きに見る。

「門左衛門の悪巧みを話せ」

義憤に駆られ義助は武吉を問い詰める。

武吉は床を這《は》いつくばり、逃れようとした。

そこへ、外記が入ってきた。武吉の衿を掴んで立たせると、

「お札が降ったら、布袋屋を襲う手筈なのだろう」

外記は責め立てた。

「し、知らねえ」

武吉は惚けた。

義助が近寄り、天秤棒を振り上げる。

「わ、わかったよ」

情けない声を出すと武吉は洗いざらい白状した。外記と真中の推論通り、お札が降ると無宿人たちを扇動し、お蔭参りの混乱に乗じて布袋屋を襲うつもりだということだ。

「みんな、聞いての通りだ。こんな所にいたんじゃ、ろくなことにならねえぜ。国に帰るんだ」

義助はみなに語りかけた。

応ずる者はなく、どうしたらいいのか判断できないようだ。

外記が着物の袖から小判を取り出した。

飛鳥小路政智が水野忠邦からふんだくり、真中に預けた九百両の一部である。

「多少の金子がある。これを持って、国許へ帰るのだ」

外記が小判を見せると、みな笑顔となった。

一刻後、義助は寛太を連れ、お勢の家までやって来た。冠木門を潜ると、指南所の引き戸を叩く。

待つ程もなく格子戸が開いた。

三和土《たたき》にお民と正太が立っている。義助は寛太を手招きした。寛太は玄関に走り込んだ。

「おっとう！」

「おまいさん……」

正太とお民が同時に声をかけた。

義助はそっと格子戸を閉じ、指南所から離れた。格子戸越しに正太の笑い声、お民の嗚《お》咽《えつ》が漏れてくる。

義助は冠木門の側に立ち、夜空を見上げた。にじみ出る涙で星が霞む。

「良かったね。お手柄だよ、義助さん」

背後からお勢が声をかけた。

義助は半纏の袖で涙を拭い、お勢を振り返った。

「あっしは、汚ねえ男ですよ」

義助は面を伏せた。

「何を言っているんだい」

戸惑い気味にお勢が問い返すと、

「あっしは、正太にはおっとうを必ず見つけ出すなんて約束しながら、心の片隅で寛太さんが見つからなければいいのにって、とんでもねえ邪《よこしま》な気持ちを抱いていたんですよ」

義助は自分の頬を拳で殴った。

お勢は笑みを浮かべ、

「寛太さんが見つからなかったら、正太の父親、お民さんの亭主になれるかもって、思ったんだろう」

「そういうこってす。ほんと、性根の腐った野郎ですよ」

義助は舌打ちをした。

お勢は声を上げて笑った。義助がきょとんとして見返すと、笑い終え、

「お民さん、あんないい女なんだもの。男なら、そう思うのは当たり前さ。それにね、自

分を汚ないって責める者は汚なくはないよ。真に汚ない奴は悪びれもしないさ」

というお勢の言葉を噛み締めるように義助は黙り込んでから、

「さあ、明日の朝も早いや。後のことはみなさんにお任せして、あっしは失礼します」

と、一礼して出て行った。

五

その頃、真中は小石川の水戸藩邸に藤田東湖を訪ねていた。

正門である長屋門近くにある番小屋の一室に真中は通された。

「真中どの、飛鳥小路中納言さまの警護、まことにありがとうござる。中納言さまの我儘勝手にお付き合いくださり、感謝致す」

これはその謝礼だと藤田は金子五十両を差し出した。

「かたじけない」

遠慮せずに真中は受け取った。

「中納言さま、卯月《うづき》になったら都にお戻りになる」

藤田に教えられ、

「江戸を存分に楽しまれましたかな」

真中は返した。

藤田は首を縦に振り、

「貴殿のことを褒めておられたぞ」

「拙者は、ただただ中納言さまのお望みに叶うように、と、申しますか、中納言さまに振り回されておりました」

苦笑し、真中は頭を掻いた。

扇屋門左衛門、伊勢夢想斎の企みの機先を制するべく、水戸家の助勢を切り出そうと藤田の様子を窺った。真中の心の内など知るはずもない藤田は、

「ところで、真中殿も耳にしておられよう」

と、改まった様子で言った。

真中は身構える。

「飛鳥小路卿が京の都より持参された錦の御旗が盗み出されてしまったこと……」

「耳にしました。それは恐ろしいことだと思います」

真顔で真中も返した。

「まこと、憂うべきことなのであるが、わしには腑に落ちぬことがあるのだ」

藤田は疑問を呈した。

「どのようなことでござりますか」

真中は訝しんだ。

「錦の御旗が盗み出された時の経緯だ」

藤田は錦の御旗が盗み出された状況についてかいつまんで説明をした。

上屋敷内に設けられた賓客をもてなす御殿に、政智は逗留しており、御殿内の一室に錦の御旗や持参の史料が保管してあった。水戸藩邸の周囲、賓客御殿の周囲には警固の侍が目を光らせ、保管されていた部屋の前には二人が詰めていた。それが、夢想斎は警固の目を掻い潜って御殿に忍び込み、二人に不動金縛りの術をかけて、錦の御旗を奪い取った。

「腑に落ちぬこととはいかなることでござりますか」

真中が問いかけると、

「夢想斎の侵入経路でござる。夢想斎はいかにして当家賓客御殿に入ったのであろう。つまり、いかにして厳重な警固を掻い潜って錦の御旗を盗み出したのであろう」

藤田は首を捻った。

「不動金縛りの術……夢想斎は恐るべき秘術を駆使すると聞いております。その不動金縛りの術を使ったのではござりませぬか」

真中の答えに、

「いかにも、錦の御旗を保管しておった部屋を警固しておった二人は不動金縛りの術をかけられておった。しかし、賓客御殿の周囲には他にも数多の警固の者がおった。それらの者は不動金縛りの術をかけられておらぬ。と言うか、夢想斎の姿を見てもおらぬのだ。夜陰に紛れたと考えられるが、しかし、誰にも気づかれずにとなると、果たしていかにして入り込むことができるのであろうな」

藤田の言葉は真中の混迷を深めた。

「伊勢夢想斎、不動金縛りの術以外にも秘術を持っておるのかもしれませぬ」

真中が言うと、

「まさか、夢想斎めは、姿を消すことができるとでも申すか」

藤田は苦笑した。

「いや、いくら何でも姿を消すなどできぬと存じますが。たとえば、周囲と同じ色の着物を着る、とか」

真中の考えに、

「忍びの者の如き、黒装束をまとうということか」

「おそらくは……」

「いや、それはない。周囲には篝火を焚き、明るくしておった」

即座に藤田は否定した。

「なるほど、それであれば、いかに夜陰に紛れようにも、夜陰がないということになりますな」

真中は納得した。

「そういうことだ。あの夜、賓客御殿に入られたのは飛鳥小路卿ただお一人。飛鳥小路卿は御殿内の文庫にて書見をしておられたそうだ」

藤田は改めておかしいだろうと疑念の声を重ねた。

「まったく、妙なのだ。しかしながら、錦の御旗が盗まれたのは事実であり、一人の侍が夢想斎によって不動金縛りの術をかけられたのも事実だ」

「夢想斎が誰にも見とがめられずに御殿屋敷に忍び込んだのは紛れもない事実ですな」

真中は言い添えた。

「さても、妙なことよ」

どうしても気になり、藤田は落ち着かないのだとか。

「夢想斎を捕縛すればその辺のことはわかると存じます」

「夢想斎、捕縛できるか」

危機感を藤田は募らせた。

「夢想斎、どこに潜んでおろうと、必ず出てくるでしょう」

真中の考えに藤田も賛同し、

「出てくるとしたら、お札が降る夜ですな。将軍家日光社参は卯月一日、その直前に札を降らすことになろう」

藤田が言うと、

「まさしく」

いい具合に藤田の方からお札降りの話題を振ってくれた。

「当然、公儀はそれに備えよう。水野さまは南北町奉行所は当然のこと、将軍家の日光社参に供奉《ぐぶ》しない番方の旗本をいつでも出役《しゅつやく》できるよう待機させるはずじゃ」

藤田の見通しに、真中は大きくうなずき賛同した。

「不肖、水戸家もお手助けをするつもりである」

藤田は言った。

しめた、頼まなくても藤田は水戸家から人数を出すつもりでいる。

「それは心強いですな」

心から真中は言い、今夜こそ助勢してくださいと頼もうと半身を乗り出した。

ところがそこへ家臣がやって来て、飛鳥小路中納言さまが面談を求めていると告げた。

「お通しせよ」

藤田が答える前に、

「ごめんください」

政智が入ってきた。

「これはこれは」

藤田は大仰《おおぎよう》に頭を下げた。真中も丁寧にお辞儀をする。

「そない、硬うならんでもええ。それより、わたしは都に帰る前に、伊勢夢想斎なる悪党を退治しようと思う」

政智はまるで物見遊山でもするかのような物言いで語った。

「なにを申されますか」

藤田は危ぶんだ。

「遊びと違います。わたしは本気ですよ」

冗談ではないと示すように政智は目を凝らした。

「それでは中納言さまの身にもしものことがあっては、日本の損失でございます」

藤田の諫《いさめ》を、

「日本の損失とは、大仰な言い方やがな、ま、それでも、わたしが命を落とすようなことはないよってに、藤田さんが心配することはないわな」

けろりと政智は返した。

「しかし……」

藤田は困り顔になった。

「大丈夫や。わたしは、南町の鳥居さんを指揮するよってに」

政智は自信に溢れる言葉を述べ立てた。

「では、水戸家も」

藤田は申し出たが、

「いらん」

激しい口調で政智は断った。

「それは……」

藤田は目をむき、抗《あらが》おうとしたが、

「やすやすと夢想斎に錦の御旗を奪われた水戸さんが頼りになるものですか」

政智は嘲笑《あざわら》った。

政智の侮辱にぐっと唇を噛んだ藤田であったが、

「その錦の御旗が奪われた夜のことでござりますが」

　と、改まった様子で言った。

「なんや、自分の不手際を言い訳するのかいな」

　意地悪く政智は返した。

「そうではありません」

　藤田は静かな口調であるが、毅然とした態度で返す。

　政智はじっと藤田の言葉を待った。

「伊勢夢想斎、いかにして御殿に忍び込んだのでしょうな」

「あんた、盗み出された時も、そのことを疑問にしておったけど、また蒸し返すのかいな。死んだ子供の歳を数えるようなものや。大事なのは錦の御旗が夢想斎に奪われたということや。夢想斎がどないな手口を使ったのかなんぞ、どうでもええことやで」

　荒々しい京言葉を使い、政智は冷然と言い放った。

「得心がゆきませぬゆえ、蒸し返したくなるのです」

「だから、水戸さんの警固の者が見過ごしたのやないか。手落ちいうものや」

　政智はむきになった。

　臆せず藤田は問を続けた。

「御旗が奪われた夜、中納言さまは賓客御殿に入られる前、御殿内の文庫で書見をなさっておられたのでしたな」

「そうや」

素っ気なく政智は答えた。

「ところが、当家の奥女中が夜食をお持ちしましたところ、文庫にはおられなかったと、申しております」

「厠にくらい行くがな」

めんどくさそうに政智は返した。

「ですが、それから、三度ばかりお伺いしましたが、やはり、おられなかったとか……」

政智は返事をせず知らぬ顔を決め込んだ。

水戸家が招いた賓客である政智への遠慮からか、藤田はそれ以上の追及はやめた。

やおら、

「とにかく、来月になったら都に戻ります。それまでに、錦の御旗を探し出してくださいよ」

政智はきつい言葉で言い置いてそそくさと立ち去った。

「怪しいですな」

真中は告げた。

藤田は黙って見返す。

真中は打ち明けた。

「実は、わたしの懇意にしておる者が、飛鳥小路中納言さまを扇屋門左衛門の葛飾村にある寮で見かけたのです。しかも、その場には伊勢夢想斎もおったとか」

政智への疑念を真中は口に出した。

「飛鳥小路さま、夢想斎と繋がっておったのか。意外ではない。そう考えれば、夢想斎が賓客御殿に忍び込めたのがわかる。警固の者の目をいかにして掻い潜ったのはわからぬが、飛鳥小路さまが手助けしたのは間違いあるまい」

藤田は冷めた口調で述べ立てた。

ここで真中は今夜、水戸家から人数を出してくれと頼んだ。

「真中殿……そなた……」

何者だと藤田は問いかけたいようだ。

「わたしは相州浪人真中正助です。そのことに偽《いつわ》りはございませぬ。ただ、浪人の身でありながら、将軍家の御役に立っております。ご内聞《ないぶん》に願いたいのですが、わたしは元公儀御庭番菅沼外記殿の配下でございます」

真中は外記が何者であるかの説明を加えた。

藤田は時折うなずきながら聞き、得心すると、

「承知した。飛鳥小路政智を招いたのは水戸家、その飛鳥小路政智が世を乱すのを黙ってはおれぬ。菅沼外記殿に加勢致す」

胸を張り、明確な声音で告げた。

真中は平伏し、礼を返した。

六

夜九つ、下弦の月が夜空に昇り始めた。

艶めいた夜風が吹き抜ける日本橋の表通りをお勢と春風、一八が歩いてゆく。お勢は中棹の三味線を持ち、一八と春風はお札の入った風呂敷包みを背負っていた。

往来の両側に軒を連ねる大店は、いずれも雨戸を閉じ、眠りの中にあった。日本橋本石《ほんこく》町《ちょう》の時の鐘が夜九つを打ち終えてから、

「お札だよ！」

お勢が夜空に向かって大声を上げた。

紅色地の小袖に紫の帯を締め、黒紋付を重ねて、素足で下駄履き、男装している深川芸者の装いだ。

「お札でげすよ！」

一八も叫び、

「お札が降ってまいったですぞ！」

春風も続いた。

お勢は三味線を弾き始めた。紅が差された素足の爪がからんころんという下駄の音と共に色香を漂わせる。

一八と春風は風呂敷包みを背負ったまま、各々が火の見櫓《やぐら》に上った。

次いで、二人はお札を降らせ始めた。

月夜のお札がひらひらと雪のように舞い落ちる。夜風に乗って紙吹雪となって、往来や民家の屋根に落下した。

一八は半鐘を鳴らした。春風も早鐘を打つ。

何時《いつ》の間にか人々が群がり始めた。

「お蔭参りだよ、お蔭参りだよ〜」

お勢は三味線を弾きながら、抑揚をつけ、唄うような調子で繰り返した。

群がる男女は競うようにお札を拾い始める。

「お蔭参りだ、お伊勢さんだあ～」

お勢は三味線を激しく鳴らし、朗々と唄う。

人々も同じように唄い、踊り出す者も出始めた。

男女の群れは日本橋周辺に広がり、新川からもお札を求めて駆けつける。

一団は日本橋から芝の方へと向かい始めた。

半刻（一時間）程が経過すると、伊勢夢想斎と御師たちが現れた。

夢想斎は、お蔭参りの集団を苦々しそうに見ていたが、

「一部の者を神田へ向けよ」

と、杖で神田方向を示し、御師たちに命じた。

そこへ、

「ならぬ！」

甲走った声を発し、外記が現れた。

夢想斎は目をむき、

「菅沼外記、邪魔立てするな」

と、甲走った声を発した。

外記は動ぜず、

「よく、わたしが菅沼外記と存じおるな」

と、夢想斎の懐に飛び込み、大刀を抜き放つや横に掃った。油断からか動揺のためか、夢想斎は不動金縛りの術を繰り出すことも杖で防戦することもできなかった。

それでも、かろうじて胸を反らした。

曲がった背筋がぴんと伸びる。小柄な夢想斎が中背くらいになった。

「そのようなむさい物は取り払われよ。鬘《かつら》や付け髭はせっかくの男前を台無しにしておられますぞ……飛鳥小路中納言政智卿」

語調鋭く言い放ち、外記は納刀した。

夢想斎は押し黙っていたが、

「そうか、日本橋魚河岸の一膳飯屋だったたな……抜かったぞ」

と、笑い声を上げげた。

外記は政智から一膳飯屋に誘われた際、菅沼外記だと見破られた。

「それればかりではござりませぬ。水戸藩邸より錦の御旗が奪われた一件。あの晩、伊勢夢想斎は上野広小路《ひろこうじ》で御老中に天誅を加えた。その後に馬に乗って水戸藩邸に向かいましたな。水戸藩邸内の賓客御殿の周囲を警固していた者たちに見つからなかったのは、飛鳥小路卿に戻ったゆえだったのです。本日、扇屋の葛飾村の寮では飛鳥小路卿として来訪し、夢想斎に変装して豆福餅の造作現場を巡検《じゅんけん》なさった……」

外記は政智と夢想斎が同一人物である根拠を列挙した。夢想斎は不敵な笑みを浮かべ、

「そなた、根津権言近くの稲荷で鳥居が捕方を率いて夢想斎一味を捕縛に当たった際、陰に潜んで気送術を繰り出したであろう」

「いかにも」

「ならば、その時、見たはずじゃ。夢想斎が飛鳥小路政智を人質に取っておったこと、不動金縛りの術を鳥居らにかけたことを」

夢想斎は外記を睨んだ。

「あの夢想斎は替え玉だ。鬘と髭で配下の者に扮装させたのであろう」

外記が返すと、

「替え玉の夢想斎が不動金縛りの術を使えると申すか」

顔を歪ませ夢想斎は言い放った。

「あの時、不動金縛りの術を使ったのは、替え玉ではない。替え玉の夢想斎によって刃物で囚《とら》われの身となっていた飛鳥小路卿だ。飛鳥小路卿は囚われながら夢想斎と共に鳥居たちを見ていた。替え玉に不動金縛りの術と声を上げさせ、実際は飛鳥小路卿が術をかけた

のだ。その眼力によって」

外記は夢想斎の目を指差した。

「抜け目のない奴め」

夢想斎は鬘と付け髭を取り去った。

よぼよぼの老人が消え、貴公子然とした飛鳥小路政智が現れた。

「菅沼外記、我の不動金縛りの術が勝つか、そなたの気送術が勝るか、勝負しようではないか。ヒョウヒョウ」

政智の薄気味の悪い笑い声が、お札が降ったと騒ぐ群衆《ぐんしゅう》の歓声を切り裂いた。

「その前に一つお聞かせください。今回の企てのわけです。金のためだけですか」

外記が問うと正智は笑顔を引っ込めて語った。

「金目当てやが、そなたが申したようにそれだけやない。飛鳥小路家は有職故実を伝える家、わたしは家業に精進し、自分なりに深く学問を学んだ。それで得た知識を生かしたい……知識も教養も劣る武家どもに一泡吹かせたい、わたしの知識……そう、政への智を政智の名の通り、示したいのや。錦の御旗によってな」

語り終えると政智は再び「ヒョウヒョウ」と笑った。

「斉昭公はあなたさまを尊敬し、手厚く遇《ぐう》されたではありませぬか」

外記は反論を加えたが、

「斉昭さんはええ人や。ほんでも所詮《しょせん》は水戸家の当主、公儀に文句は言えても政を正すことはできへん。海防や公方さんの日光社参について意見を言うても水野さんに受け入れられんかった……ほんでも錦の御旗は違う」

政智は両目をかっと見開いた。

「錦の御旗と申されるが、天子様の威《い》を借《か》る狐ですな」

冷笑を浮かべると外記は腰を落とし、口から深く息を吸い、ゆっくりと吐き出す動作を繰り返す。丹田の精気を集める外記に、

「気送術、放つまでに時を要するようだな。気が満ちぬ内に使えば、威力を発揮できぬか」

にやりと笑うと、

「不動金縛りの術！」

凛とした声を発し、燃え立つ双眸で外記を睨んだ。

同時に外記は右手を突き出した。

が、陽炎は立たず、周辺の空間も歪まない。政智は吹き飛ぶどころか、仁王立ちをしたままだ。

気送術、敗れたかと思いきや、政智は仰向《あおむ》けに倒れた。

外記は突き出した右手を曲げた。掌にある手鏡に下弦の月が映り込んだ。

不動金縛りの術は封じられた。術の威力は政智に跳ね返り、その衝撃で倒れてしまったようだ。

すると、門左衛門がやって来て御師とやくざ者を扇動し始めた。お札が降ったと浮かれ騒ぐ群衆を布袋屋襲撃に向かわせようと、

「布袋屋はお蔭参りを邪魔する輩だぞ。許すな」

大声で喚《わめ》きたてた。

そこへ、

「悪党に乗せられるでない」

甲走った声と共に藤田東湖がやって来た。陣笠を被り、火事羽織を重ね、野袴という捕物装束である。水戸家中の家臣を率いていた。いずれも額に鉢金《はちがね》を施し、襷を掛けている。

その数、五十人程、水戸家中で選りすぐった手練《てだ》れであろう。

「水戸中納言斉昭公、家来藤田東湖である。扇屋門左衛門の口車に乗る者は、成敗致す」

毅然と藤田は告げた。

脅し文句ではないと示すように、水戸家の侍たちは抜刀した。浮かれ気分に冷水を浴び

せられた群衆はすごすごと道の両端に移動し始めた。

門左衛門が煽り立てるが、聞く耳を持つ者はいない。

すると、政智がむっくりと立ち上がった。門左衛門が頼もし気な目を向けた。政智は着物の袖から布切れを取り出し、両手で広げた。

「これぞ、錦の御旗である」

政智は朗々とした声で告げた。

紅色の錦地に菊の花が金糸で描かれている。夜風にたなびく御旗は神々しい。水戸家の者たちはたじろいだ。

藤田も渋面で立ち尽くす。

門左衛門は御師とやくざ者を促し、仰々しい所作で土下座をした。

「藤田さん、水戸さんは尊王の御家でしょう。錦の御旗に対し、刃を向ける者は朝敵ですぞ！　頭が高い、控えおろう」

勝ち誇ったように政智は命じた。

藤田は家臣に刀を納めるよう命じると地べたに正座をした。家臣も納刀し、御旗の前にひれ伏す。群衆も釣られるように両手をつく。

「これより、朝敵布袋屋に天誅を加える。朝敵征伐に功を挙げた者には、褒美が下される」

政智は告げ、立ったままの外記を無礼者と一喝してから、

「菅沼外記、手をつけ！」

と、命じた。

外記は気送術を放とうか迷った。いかに錦の御旗を掲げようが、政智らは江戸を乱す暴徒である。それは藤田もわかっていようが、御旗には逆らえないと苦悩しているのだ。藤田には水戸徳川家という大きな背負うべき御家がある。

いかなる事情があれ、錦の御旗に刃を向けては斉昭に朝敵の汚名を着せることになる。

しかし……

「菅沼外記、江戸を守るため、朝敵となろうぞ」

強い覚悟で外記は抜刀した。

怒りで政智の両手に力が加わり、錦の御旗が揺れた。政智は気を振るい起こし、御旗を掲げ直す。

外記は斬り込もうとした。

そこへ、石礫《いしつぶて》が飛来する。

礫は政智の右肩に命中した。予想外の攻撃に政智の手が御旗から離れた。直後、突風が

吹き、御旗は宙に舞い上がった。

政智は悲鳴を上げ、御旗の行方を目で追う。

闇から真中正助が現れ、政智に斬りかかった。

真中の刃は月光を弾き、政智の首筋に襲いかかった。

政智は再び倒れ伏した。

首から血は流れていない。

真中は斬る寸前に峰を返したのだった。

藤田が立ち上がり、

「江戸を乱す不逞の輩を成敗せよ！」

裂帛《れっぱく》の気合いで家臣に命じた。

家臣は門左衛門たちに殺到した。

「ご、ご勘弁ください」

門左衛門は両手を合わせ許しを乞うた。やかん頭が月光にほの白く光った。やくざ者も御師も情けない声を発しながら降参した。


一八は芝の長屋に久蔵を訪ねた。久蔵は門左衛門の悪事を知り出入り止めになってよか

った と安堵すると同時に太客を失ったのを残念がっている。一八は真中が正智から預けられた金から今回の働きに十両を受け取った。その半分、五両を久蔵にやった。

「いいのかい……どうしたんだ、五両なんて」

戸惑いながらも久蔵は喜んだ。

「偽のお札が降っただろう。やつがれ、たまたま拾ったらお札は偽物だったけど、小判が落ちてたんでげすよ」

一八の答えに、疑わしそうに久蔵は「本当かい」と首を傾げた。

「ま、いいじゃないか、受け取っておくれな」

「そうだね」

久蔵は晴れやかな顔になった。

「久さん、その金どうする」

「偽だってお札と言やあ伊勢神宮さまだ。伊勢神宮さまのお蔭で借金のお払いに歩けます」

久蔵は柏手《かしわで》を打った。

外記は小間物屋の隠居、重吉の扮装で浅草田圃にある観生寺を訪れた。

梅雨入《つゆい》り前の好天を楽しもうと美佐江とホンファは子供たちと境内で遊んでいた。若葉が目に沁《し》み、降り注ぐ陽光が心地よい。

ホンファの傍らに寝そべっていた小さな黒犬、ばつが外記に気づき、甲高《かんだか》い鳴き声を放つと走ってきた。

外記は跪《ひざまず》き、ばつを抱き上げた。

ばつはきゃんきゃんと鳴き、外記の腕の中で尻尾を振った。

「ばつ、よかったな。すっかり元気になったではないか」

ばつの頭を外記は何度も撫でた。

美佐江もやってきた。

外記はばつを抱いたまま腰を上げた。

「ばつ、すっかり傷が癒えたようです。ご面倒をおかけしました」

外記が礼を言うと、

「ホンファがとてもよく面倒をみていたのですよ。それに、子供たちも一緒に遊んでいました」

美佐江は答えてから、将軍徳川家慶一行が日光へ向け旅立ったと言った。

「子供たちに筆と栗饅頭が施されました」

水野は江戸や日光道中の沿道で施しを行っている。各手習い所には筆と布袋屋の饅頭が配られたようだ。

「お蔭参り……扇屋さんと都からいらしたお公家さまが仕組んだ騒動であったそうですね。ご自分の店の菓子を売り、布袋屋さんに代わって大奥出入りをしようとしての謀《はかりごと》だったとか。扇屋門左衛門さんは打ち首、お店は闕所《けっしょ》、お仲間の御師ややくざ者は、罪に応じて死罪か、遠島《えんとう》とか。お公家さまは都で処断されるそうですね」

美佐江の話に合わせうなずいてから、

「よくご存じですな」

外記は問い返した。

「春風さんが読売を見せてくださったのです」

美佐江は読売で得た情報を恥じるようにうつむいた。

「飛鳥小路とか申す公家、錦の御旗などと称しておりましたが、自分で勝手にもっともらしく仕立てたようですな。有職故実、唐土、日本の歴史に深い造詣があったお方であったそうですから、水戸家の方々も信じてしまったのでしょう。学問を邪な企てに悪用した典型です」

外記が言うと、

「学問は己を知り、磨き、世のために役立てねばなりませぬ」

しみじみと美佐江は言った。

「では、子供たちの学問の妨げになってはいけませぬゆえ、これで失礼致します」

外記はばつを伴い観生寺を出た。

すると山門の前で公儀御庭番村垣与三郎が紙屑屋《かみくずや》に扮《ふん》して待ち構えていた。

外記が柔らかな笑みを向けると、

「水戸中納言さまが外記どのに会いたいそうです。その旨記した藤田東湖さまの文を持参しました」

村垣は一通の書状を差し出した。

達筆な文字で菅沼外記殿と宛名が書いてある。今回の騒動の礼であろうか、それなら藤田が会うだけで十分だ。

何か特別な用向きがあるに違いない。

水戸中納言斉昭、水野忠邦にとっては目の上の瘤《こぶ》、尊王心厚く、高邁な理想と強い意思で海防を叫ぶ天下の副将軍だ。

外記の胸は斉昭への興味と言い知れぬ不安が入り混じり、はち切れそうになった。

光文社文庫

文庫書下ろし／長編時代小説
お蔭騒動《かげそうどう》　闇御庭番《やみおにわばん》(八)
著者　早見《はやみ》　俊《しゅん》

2021年6月20日　初版1刷発行

発行者　鈴木広和
印刷　堀内印刷
製本　榎本製本

発行所　株式会社　光文社
〒112-8011　東京都文京区音羽1-16-6
電話　(03)5395-8149　編集部
8116　書籍販売部
8125　業務部

落丁本・乱丁本は業務部にご連絡くだされば、お取替えいたします。
ISBN978-4-334-79213-8　Printed in Japan

組版　萩原印刷

夜叉萬同心　藍より出でて　辻堂　魁
夜叉萬同心　もどり途　辻堂　魁
夜叉萬同心　本所の女　辻堂　魁
夜叉萬同心　風雪挽歌　辻堂　魁
夜叉萬同心　お蝶と吉次　辻堂　魁
ちみどろ砂絵　くらやみ砂絵　都筑道夫
からくり砂絵　あやかし砂絵　都筑道夫
臨時廻り同心　山本市兵衛　藤堂房良
霞の衣　藤堂房良
赤猫　藤堂房良
死笛　鳥羽　亮
秘剣水車　鳥羽　亮
妖剣鳥尾　鳥羽　亮
鬼剣蜻蜓　鳥羽　亮
死顔　鳥羽　亮
剛剣馬庭　鳥羽　亮
奇剣柳剛　鳥羽　亮

幻剣双猿　鳥羽　亮
斬鬼嗤う　鳥羽　亮
斬奸一閃　鳥羽　亮
あやかし飛燕　鳥羽　亮
鬼面斬り　鳥羽　亮
幽霊舟　鳥羽　亮
姫夜叉　鳥羽　亮
兄妹剣士　鳥羽　亮
ふたり秘剣　鳥羽　亮
居酒屋宗十郎　剣風録　鳥羽　亮
獄門首　鳥羽　亮
よろず屋平兵衛　江戸日記　鳥羽　亮
姉弟仇討　鳥羽　亮
伊東一刀斎（上之巻・下之巻）　戸部新十郎
秘剣水鏡　戸部新十郎
秘剣龍牙　戸部新十郎
火ノ児の剣　中路啓太